ディスカヴァー文庫

カケラ女

清水カルマ

JN105442

Discover

1

薄暗い階段を上り、青木裕弥《あおきゆうや》は重そうな鉄の扉を押し開けて屋上に出た。そのあとに本多明代《ほんだあきよ》もつづく。

屋上に灯りはないが、まわりのビルの窓からこぼれ出る光を浴びて、まるで満月に照らされた田舎の野原のように明るかった。

地上七階建てのビルの屋上は風が強い。明代のスカートが旗のようにバタバタとはためく。

裕弥は無職で、半年前から明代のマンションに転がり込んできて一緒に暮らしていた。もちろん生活費は全額、ＯＬである明代が出してやっていた。裕弥の仕事が決まれば、将来的には結婚するつもりだったからだ。

それなのに、裕弥には他に何人もの女がいた。その全員から小遣いをもらっていたのだ。典型的なヒモ男だった。

そのことを知った明代は、ようやく目が覚めた。こんな男とはきれいに別れて、次の恋に踏み出そうと決心した。

だが、明代は裕弥に金を渡すためにカードローンで借金を重ねていた。それはOLにとってはかなりの大金だったので、別れる前に今まで裕弥に貢いだ金を全部取り戻したかった。

明代の思いを知った裕弥は部屋に戻ってこなくなり、他の女たちの部屋を転々としていた。

LINEでメッセージを送っても既読無視がつづいた。それでもあきらめずに裕弥の立ち寄りそうな場所に張り込みをしたりして、ようやくさっきこのビルの地下にあるバーから出てきたところを捕まえたのだった。

「お金を返して!」と迫る明代の迫力にたじたじとなり、裕弥は気弱な表情を浮かべながら言った。

「ここは人目があるから……。そうだ。屋上で話そう」

そして、エレベーターと階段を使って屋上まで連れてこられた。

「さあ、あなたに貢いだお金を返してちょうだい!」

風の音に負けないように、明代は大きな声で言った。

「金? どうして俺が返さなきゃいけないんだ? あれは全部おまえがくれたもんじゃねえか。その代わりに、楽しい思いをいっぱいさせてやっただろ?」

振り返った裕弥は地上にいたときの気弱な表情とは違って、ヘアスタイルが乱れるのが気になるのか、手で髪を撫でつけるようにしながらへらへら笑っている。

「なに言ってるの！　お金を返してよ！　私の人生をむちゃくちゃにしておいて、よくそんなことが言えるよね。あんたのために借金を抱えて、これから先、私はどうやって生きていけばいいのよッ？」

「どうやって生きていけばいいかわからないなら死ねばいいじゃん」

「……本気で言ってるの？」

「ああ、本気だよ」

裕弥はゆっくりと距離を詰めてくる。不用意に屋上までついてきた自分の浅はかさを明代は悔やんだ。

この男は本気で私を殺す気だ。逃げなければと思うが、恐怖のせいで身体がうまく動かない。それでもなんとか振り返り、鉄の扉のほうに駆け出そうとした。

そのとき、後ろから腰に腕をまわすようにして抱きしめられ、そのまま持ち上げられた。足が完全に浮いてしまう。

「おまえ、けっこう重いな。こういうときのためにダイエットしとけよな」

忌々しげに言いながら、裕弥は明代を抱えたままフェンスのほうへ歩いて行く。

「やめて！　放して！　誰か助けて！」

明代は必死にもがきながら大声を出したが、そんな声は屋上を吹き抜ける冷たい風の音に掻き消されてしまう。

まるで風は裕弥に味方するようにゴウゴウと唸っている。

「このビルは七階建てだ。その屋上から落ちたら、まあ間違いなく即死だから安心しろよ」

「いや！　死んだら化けて出てやるから！」

「ふ～ん。呪い殺すならお好きなように。もしもそんなことができるなら、だけどな」

裕弥は明代の身体を屋上のフェンスに押しつけると、素早く両脚をつかんで持ち上げた。

鉄棒の前まわりをするように身体がくるんと回転し、そのまま明代は遠くに見えるコンクリートの地面に向かって落ちていく。

ドーン！　と大きな音が響いたが、それさえもすぐ近くを走り抜けていく車の騒音で掻き消されてしまう。

明代が落ちた場所は、ビルの谷間の狭い空間だ。左右両側とも窓もなく、のっぺらぼうのようなコンクリートの壁が数十センチほどの距離で向かい合っている。おそらく一日中どころか一年中、日が当たることがない、狭くて暗い場所だ。

世の中から忘れ去られたその場所に、明代は仰向けに横たわっていた。

「ぐぐぐ……」

明代の喉から呻き声がもれた。

裕弥は安心しろと言っていたが、即死ではなかった。身体の後ろ半分が潰れたまま地面に張り付き、激痛に襲われながらも明代はまだ息をしていた。自分の意思とは関係なく、手脚がピクピクと細かく痙攣している。

でも、もうすぐ死ぬことははっきりしていた。頭が割れ、血がドクドクと流れ出ている。

悔しい……。憎い……。悔しい……。憎い……。

もしも本当に祟れるなら裕弥を呪い殺してやりたいが、死んだあとにそんなことができるのか確信は持てない。

悔しくて涙が溢れてきて、こめかみのほうへと流れ落ちていく。それが後頭部の傷から流れ出る血と混じり合う。

夜空を見上げている明代は気づかなかったが、すぐ横に落ちていた、それまではただの干涸びたゴミ屑のようだったものが、血と涙を吸って瑞々しい肉片として蘇っていく。

そのことに気づくこともなく、硬直していた全身から力がすーっと抜けていき、明代の心臓は動きを止めた。

直後、肉片はおぞましい軟体動物のように身体をうごめかせて、明代の後頭部の傷口から体内へと潜り込んだ。

十秒……二十秒……。なにも起こらない。ただ、ビルの谷間を風が吹き抜けていくだけだ。

だが、次の瞬間、フィルムの逆回しのように後頭部の傷口がみるみる塞がり、折れた手脚がまっすぐになり、明代はその場にむくりと上体を起こした。

そして明代はゆっくり立ち上がり、裕弥に復讐するために歩き始めた——。

To Be Continued

タブレットをのぞき込んでいた三人の女子大生たちが、一斉に甲高い悲鳴を上げた。

「なにこれ、怖過ぎ！」

大げさに仰け反ったのは新井花音《あらいかのん》だ。その横で堀内早苗《ほりうちさなえ》が自分の身体を抱きしめるようにして両腕をさすりながら言う。

「鳥肌立っちゃった。思ってた以上に怖くてびっくり」

「ねえ、いいところで終わってるけど、このあとどうなるの？」

「後編も観る？」

「観たい！」

花音が身を乗り出す。その横で麻丘郁美《あさおかいくみ》は反対に身体を引きながら言った。

「私はもういい」

「どうして？　気になるじゃない」

花音が不満げに言う。

「今のだけでもかなり怖かったし、私、もう眠れなくなっちゃいそうだもん。ねえ、花音、早苗、今夜、うちに泊まりに来て。お願い」

郁美は泣きそうな顔で両手を合わせる。

三人は修聖《しゅうせい》女子大学の文学部日本文学科の一年生で、同じクラスの親友同士だ。

修聖女子大学は大使館などが建ち並ぶ東京の麻布《あざぶ》にある。場所柄のせいか学生はオシャレに敏感な者が多く、雑誌やネットでよく企画される「美人が多い大学ランキング」では常にトップに君臨していた。

といっても、ルックスが秀でている学生はやはり一部だけで、大多数の学生はそのイメージの恩恵に与るか、逆に被害にあっていた。

郁美を始め、花音と早苗も、明らかに後者だ。

郁美と早苗は地方出身で、花音は自分は東京圏だと言っていたが実際は群馬在住で片道一時間半かけて大学に通っていた。

花音は今までに化粧をしたことが一度もなく、おかっぱヘアーで銀縁眼鏡をかけていて、女性らしさは皆無だ。実家はメッキ工場で、従業員は父、母、兄の三人だけという小さい規模だったため、当然のように花音も中学生の頃から仕事を手伝わされていたらしい。そのせいか花音の身体からは、いつも薬品の匂いが漂っていた。

早苗は量の多すぎる天然パーマの髪を無造作に伸ばし、ウェイトオーバー気味の体型を気にしているのか、いつも妊婦服のようなダボッとした服装をしていた。趣味はBLで、東京の大学に通うことを決めたのも、そういったジャンルのマンガ専門店がいっぱいあるからということだった。

郁美は気が弱くていつも伏し目がちで、肩をすぼめるようにして猫背だった。とにかく目立つことが苦手で、今までに一度も授業中に手を上げたことはなく、服装も無難なものばかりを選び、大勢の中に埋もれてしまうことを望んでいるような女だ。

三人とも最初からリングに上がることを拒否していた。

ということもあって、全員垢抜けなくて「へえ、君、修聖女子大学なんだ」と気まずそうにされる側だった。

だが、そのイケてない点が、三人が仲良くなれた理由のひとつでもあった。

三人とも他のふたりに対して自分と同じ匂いを感じたのか、学校の敷地内にある講堂で行われた入学式で初めて会った瞬間から意気投合し、前期はほとんど毎日学校の中でも外でも一緒に行動していた。

今日は夏休み明けの最初の授業で、三人で顔を合わせるのも久しぶりだったので、いつも以上にテンションが上がっていた。

郁美はお盆に数日帰省しただけであとは東京でアルバイトに明け暮れていたし、花音はいつものように実家の工場を手伝っていたが、早苗は夏休みのあいだ中ずっと実家でごろごろしていたらしい。

本人が言うには、「都会の生活で疲れた心と身体を癒やしてたの」ということだったが、実際のところは東京での女子大生生活は夢見ていたものとはだいぶ違い、そのギャップのせいでホームシックにかかっていたようなのだ。

楽しげに話しつづける三人は今、学食とは思えないオシャレなラウンジの、出入り口に一番近いところに陣取っていた。

新校舎の十七階にあるそのラウンジは眺めが最高だったが、窓際の席はスクールカースト上位の学生たちが占拠していて、郁美たちのような地味な学生が座れるのは、外の景色を楽しむこともできず、人が往き来して落ち着かない出入り口付近の席しかなかったのだ。

それでも久しぶりの再会で盛り上がり、田舎での出来事を語り合っているうちに、話題はなぜだか肝試し、怪談、都市伝説と妙なほうに展開していった。決して色恋沙汰に話がいかない点が、三人が三人たる所以だ。

そして、早苗がなにかを思い出したようにバッグからタブレットを取り出して言ったのだった。

「ねえ、ふたりは『カケラ女』の都市伝説って知ってる?」

「なにそれ? 怖い話?」

食いついたのは花音だった。

早苗は肉付きのいい白い頬を微かに紅潮させて説明した。

「田舎の友達に教えてもらったんだけど、最近流行している都市伝説なんだって。ネットドラマで忠実に再現されてるそうだから観てみない？　前後編で、それぞれ十分ぐらいの短いものでサクッと観られるし。ひとりで観るのは怖かったから、ふたりと一緒に観ようと思ってタブレットを持ってきたの」

「いいね。観よう、観よう」

花音はノリノリでタブレットをのぞき込んだが、郁美はあまり気分が乗らなかった。怖い話をすると怖いものを呼び寄せると郁美は信じていた。百物語のようなものだ。

それに郁美は、もともと少し霊感体質なところがあった。

不吉な予感がして電車を一台やり過ごすとその電車が脱線事故を起こしたり、裏山で遊んでいると汚れた服を着た女性が手招きをしているのが見えて、そちらに行ってみると自殺した女性の腐乱死体を見つけたり、ということが何回もあった。

正夢を見ることも多く、二年ほど前には、病気で入院しているはずの祖母が夜中に部屋のドアを開けて姿を現し、「郁美ちゃん、おばあちゃんはもう遠くへ行っちゃうけど、身体に気をつけてね」と手を振る夢を見て飛び起き、両親にそれを話した直後、病院から電話がかかってきて祖母の死を知らされたということがあった。

だから、ホラーや怪談にはあまり接しないようにしていたのだ。

でも、そんなことを言ってふたりをしらけさせるはいやだったので、「そうね。なんだかぞくぞくしてきちゃった」と興味を持っているふりをしてみせた。

「じゃあ、再生するね」

タブレットをテーブルの上に立て、早苗は再生ボタンをタップした。三人は頬を寄せ合うようにしてタブレットをのぞき込んだ。そして小さな画面に映し出されたのが、さっきの映像だった。

明るい清潔なラウンジで、まわりに大勢の学生がいる中で観ても充分に怖かった。屋上から突き落とされた女性にカケラ女が寄生して生き返る瞬間は、思わず花音の腕にしがみついてしまったほどだ。

「ねえ、早く後編を観ようよ。今から観れば、午後の授業には間に合うからさ」

花音が早苗を急かす。

「じゃあ、再生するよ」

早苗がタブレットを操作しようとする。

「待って」郁美はそれを止めた。「ねえ、もう止めようよ」

「ええ〜っ。今夜は早苗と一緒に泊まりに行ってあげるからさ。ね、早苗」

「うん。私もそのつもりだよ。だから郁美ちゃん、心配しないで」

「でも……」

「すごく面白そうなんだよ。なんでも後編ではノンストップ復讐劇が始まるんだって。さっきの男に復讐するのはもちろん、他の女たちも巻き添えでバンバン殺されちゃうって話だよ。しかも、その殺し方がハンパじゃないらしくって——」

「聞きたくない、聞きたくない。あ～！　あ～！　あ～！」

郁美は両手で耳を塞いで大きな声を出し、早苗の言葉を打ち消そうとした。すかさず花音が郁美の両手首をつかんで、手を耳から引き離す。

「ちゃんと聞かなきゃダメ。ほら、早苗、郁美に聞かせてあげて」

「うん。カケラ女の不思議な力で首が飛んだり、頭が爆発したり——」

「聞きたくない！　聞きたくない！　あ～！　あ～！　あ～！」

そんな郁美の反応に、花音と早苗が楽しそうに笑い声を上げた。

そのとき、三人の高揚に冷や水を浴びせるような声が頭上から降ってきた。

「うるさいよッ。なんなの、あんたたち。バカじゃないの。ラウンジで大騒ぎしないでよ」

たまたま通りがかったらしい女子学生が、パスタが載ったトレイを手にしたまま郁美たちを睨みつけていた。

「すみません」

とっさに謝りながらその女の顔を見た郁美は思わず息を呑んだ。花音と早苗も同じだ。目の前に立っているのは水谷亜弥《みずたにあや》だった。おそらく修聖女子大学の学生なら亜弥を知らない者はいないだろう。

英文科の二年生である亜弥は華やかなルックスでかなり目立っていて、地味な郁美たちとは対局にある存在だった。

美貌とスタイルの良さを活かして、たまにテレビの情報番組などに出演していた。そのせいか、一般人とは明らかに違うオーラを発している。

ただ、亜弥がみんなに知られているのは、美貌のせいだけではなかった。教授のセクハラ的な発言を大勢の前で糾弾したり、サインを求めてきた女子生徒を冷たくあしらって泣かせたり、電車内で痴漢してきた男の股間を蹴り上げて捕まえたり、性格のきつさがときどき噂に上る存在だった。

それらの噂どおり、迫力はかなりのものだ。

言葉を発することもできずに肩を寄せ合って身体を硬くしている郁美たちを一瞥すると、亜弥はラウンジの奥のほうへ大股でさっさと歩いて行った。

その後ろ姿を、ラウンジにいる女子学生たちが目で追っている。半分は憧れの視線。あと半分は嫉妬の視線だ。

そう、自分たちの生活が地味で退屈なのは、チヤホヤされて楽しい毎日を送っている亜弥のせいだとでもいう嫉妬の感情が渦巻いていた。

女ばかりという特殊な環境のせいもあるのかもしれない。どんよりとした空気がラウンジの中に充満している。

声が聞こえないぐらい離れてしまうと、花音が吐き捨てるように言った。

「なんか感じ悪いね、あいつ」

それに早苗が小声で応える。

「でも、怖かった。亜弥さん、近くで見ると迫力あるよね」

「ほんと、肉食獣の目だよ、あれは」

「でも、思ってた以上にすっごい美人。私、鳥肌立っちゃった」

「あんたは鳥肌が立ってばかりね。鳥肌早苗に改名したら？」

ふたりでクスクスと声を抑えて笑い合う。

郁美は最初から自分とはまったく関係ない世界の人間だと思っているので、亜弥に対して他の女子学生たちのように憧れの感情も嫉妬の感情も抱かない。

ただ溢れ出るオーラに惹き付けられるようにして視線で追っていると、亜弥はラウンジの一番奥の窓際の席に腰掛けた。それとほぼ同時に、すぐ近くのテーブルに座っていた数人の女子学生が立ち上がった。

「あっ、あれ、恵里奈《えりな》さんじゃない?」そう言ったのは早苗だった。「やっぱりきれいだね。亜弥さんもきれいだけど、恵里奈さんには気品もあるから、私はやっぱり恵里奈さん派かな」

恵里奈のまわりには三人の取り巻きがいた。いつものメンバーだ。附属高校から上がってきた結城《ゆうき》恵里奈は高校時代から学校のクイーン的な存在で、常に取り巻きがボディーガードのように付き従い、恵里奈に近づこうとする者がいないかどうか目を光らせていた。

その取り巻きたちも、全員が雑誌の読者モデルなどができそうな美人揃いだ。着ている服も持っているバッグも高級そうなものばかりで、郁美たちとは住む世界が違うことが一目でわかる。スクールカーストの最上位に位置している女性たちのグループなのだ。

自分の凡庸さを思い知らされるのがいやで普通の女子学生ならできればなるべく近づきたくない存在だったが、どうやら亜弥はわざわざ恵里奈の近くの席を選んだようだ。そこには秘めたライバル心があるはずだ。

そのことを快く思っていないのだろう、恵里奈の取り巻きたちが亜弥を睨みつけているが、亜弥はまったく意に介した様子もなく、涼しい顔でスマホを見ながらパスタを食べ始めた。

二ヶ月後の十一月に行われる学祭でのメインイベントであるミスコンに、恵里奈も亜弥もエントリーしていた。

出場者は恵里奈と亜弥を含めて今年は七人。出場資格は容姿端麗、成績優秀、芸術的センスが秀でているなどエンターテイメント性が優れていることだけではなく、みんなに憧れられる存在としての人間的魅力も加味されることになっている。

自薦他薦あるが、最終的には修聖女子大学ミスコンテスト運営委員会が承認する必要があった。

先日、インターネット上の特設サイトで行われた第一回ネット投票では恵里奈が一位で、亜弥が二位だった。そのため亜弥はかなり恵里奈に敵愾心を燃やしているようだ。

ただし、本番当日は会場に金を払って入場した者が、その場で配布されるスマホアプリを使って投票することになっているので、ネット投票でどんなに票を集めていても、当日の投票次第で結果はガラッと変わってしまう可能性があった。

事前投票はあくまでもミスコンを盛り上げるための前振りでしかないのだ。

取り巻きたちとは違い、恵里奈は特に亜弥を意識をしている様子はなかった。タイミングよく立ち上がったのは、ちょうど食事を終えたからだろう。にこやかに隣の女に話しかけながら、出口付近に座っている郁美たちのほうへ歩いてくる。

「あっ、こっちへ来る」

そう言って早苗が、高貴な人と出くわしてしまった下々の者のように慌てて顔を伏せた。もちろん郁美も同じだ。花音だけはそういう態度を取ることに抵抗があるらしく、わざとらしくメニューを眺めている。

郁美が緊張して顔を伏せ、さっき亜弥に叱られたときよりもさらにしゅんとしていると、すぐ横で恵里奈が足を止める気配がした。

「あなた、こないだの……」

恵里奈の声が聞こえた。おそるおそる顔を上げると、その視線はまっすぐ郁美に向けられていた。

「あっ、はい。その節は……」

「うちの学生だったのね。気づかなかったわ」

当たり前だ。郁美たちは恵里奈のことをよく知っているが、恵里奈にとっては郁美たちはその辺に転がっている石と同じような存在のはずなのだ。

恵里奈は少し考え込むように瞼を閉じたが、すぐに長いまつげをバサリとなびかせて目を開け、郁美に微笑みかけた。

「あなたのお名前は？」

「……日本文学科一年の麻丘郁美です」

「そう。郁美さんね。また今度、ゆっくりお話ししましょう。では、ごきげんよう」

小首を傾げるようにして言うと、恵里奈は取り巻きを引き連れてラウンジを出て行った。

「なに？　どうして恵里奈さんが郁美のことを知ってるの？」

「いったいなにがあったの？　こないだって、なに？　ねえ、郁美ちゃん、教えてよ」

恵里奈たちの後ろ姿が小さくなると、花音と早苗が郁美のほうに身を乗り出して、うるさいぐらいに問いかけつづけた。

一週間ほど前のことだ。帰省先から早めに東京に戻ってきた郁美は、学校が始まるまでに少しでも稼いでおこうと、以前からバイトしていたコンビニに早々に復帰して働いていた。仕送りは限られていたので、バイトをしないと欲しいものも買えないからだ。

その店に恵里奈が客としてやってきた。自動ドアが開いた瞬間、棚の整理をしていた郁美は「あっ」と声をもらしてしまった。なにしろ修聖女子大学のカースト・トップに君臨している恵里奈なのだ。そして、その恵里奈と一緒にいる男性の顔にも見覚えがあった。

それは修聖女子大学のミスコンを企画運営しているベンチャー企業『TTJ(トップチーム・ジャパン)』のCEOである神崎慎吾《かんざきしんご》だった。ミスコンの特設サイトに顔写真が出ているのを見たことがあったし、いわゆるインフルエンサーとして最近はSNSでよく名前を見かける有名人だった。

どうして恵里奈さんと神崎さんが？　郁美の頭にはそんな疑問が浮かんだ。

修聖女子大学のミスコンの歴代グランプリ受賞者のほとんどが女子アナや女優として活躍している。将来的に芸能界で活躍したいと思っている女子学生にとっては、絶対にとっておきたいタイトルなのだ。

そのぶんミスコンの結果はテレビなどマスコミでも大々的に取り上げられ、入場料収入の他、広告効果も高いためにイベントのスポンサー料などがかなりの額になると言われている。噂では、大学の学祭レベルではないという話だ。

それを仕切っているのが、神崎慎吾がＣＥＯを務めるベンチャー企業・ＴＴＪだということだ。

もともとは修聖女子大学の女子学生たちで運営していたのだが、どういう経緯かは知らないが、数年前からは大学とは関係ないＴＴＪが取り仕切るようになったらしい。だが、それ以降、ミス修聖女子大学のブランド名は以前にも増して一気に上がったということだ。

そのため、やはり素人がやるよりもプロに任せたほうがいいというのが、現在の大学内のコンセンサスだった。

そのグランプリ候補と主催者が指を絡ませながら、スナック菓子や飲み物をカゴに入れていく。まるで恋人同士のようだ。それは、見てはいけないものに思えた。

客の事情を詮索するのはよくない。郁美はなるべくそちらを見ないようにしながら棚の整理をつづけた。

しばらくそうやって商品のフェイスアップをしていると、いきなり男の怒鳴り声が店内に響いた。

「おい！　誰もいねえのかよ！」

その声はレジのほうから聞こえた。恵里奈たちに気を取られていて、他の客が会計を待っていたことに気づかなかった。それにタイミング悪く、今の時間は店員は郁美ひとりだけだった。

「お待たせして申しわけありません」

謝りながらカウンターの中に入り、レジの前に立った。

「おまえ、俺のことを舐めてんのか？」

五十代ぐらいのその男は雑誌をカウンターに叩きつけた。怒鳴り声とともに酒臭い匂いが郁美のほうに漂ってきた。かなり酔っているようだ。

「申しわけありません。他の作業に気を取られていて……」

「俺みたいなみすぼらしいオヤジは目に入らないっていうのかよ！」

激高し、唾を飛ばしながら、郁美の胸ぐらをつかもうと、カウンター越しに身を乗り出してきた。

とっさに郁美が後ろに身体を仰け反らせると、背中が商品棚に当たり、タバコがバラバラと足下に散らばった。

こんなときにワンオペだということに泣きたくなる。郁美は自分の足下に視線を落としながら、必死に謝りつづけたが、その弱々しい態度が、よけいに男を苛立たせるようだった。

男はさらに興奮して「俺を軽く見るなよ！」と怒鳴り散らす。

「もうそれぐらいにしておいたらどうですか？」

落ち着いた低い声が聞こえて、郁美はハッとしてそちらに顔を向けた。と同時に男も振り向いた。そこには神崎が立っていた。

「なんだおまえは？」

「僕はあなたと同じ客ですよ」

そう言ってドリンクとスナック菓子が入ったカゴを掲げてみせた。その落ち着いた態度に、男は少し怯んだようだ。もともとこういうタイプは相手がか弱い女だと思うから強気に出るだけで、男相手だとなにも言えない。

特に神崎は背も高く、スポーツ選手のように筋肉質な体つきだった。もしもケンカになったとしたら、男に勝ち目がないことは明らかだった。

「並んでるんで、早くしてもらえませんか。その雑誌、買うんでしょ？ 今叩きつけて傷んでるでしょうから、買わないとお店の迷惑になりますよ」

畳みかけるように言われると、男は無言で郁美のほうを向いて金をカウンターに置いた。

郁美がおつりを渡すと、男は逃げるように出口に向かい、最後に「覚えてろよ」

と、まるで三流ドラマのような捨て台詞を残して立ち去った。

「ありがとうございました。助かりました」

「いろんな客がいて、ほんと大変だね」

郁美が礼を言うと、神崎は白い歯を見せて笑った。その背後の棚の陰から恵里奈が姿を現し、得意げに言った。

「私が彼に『助けてあげて』って頼んだのよ」

「ありがとうございます……」

恵里奈さん、と名前を口にしそうになり、郁美はなんとか思いとどまった。もしもこんな場所でいきなり名前を呼ばれたら、ストーカーに会ったようにいやな気分になるのではないかと思ったのだ。

「でも、あんなときはもっと強い態度に出ないとダメよ。相手が客だって関係ないんだから」

「すみません。私……」

郁美はなにも答えることができなかった。自分の気の弱さには、以前からうんざりしていた。もしも恵里奈のような美貌があれば、もう少し強くなれるのだろうに……と思ってしまう。

そのあと、恵里奈と神崎は数点のドリンクとスナック菓子を買って店を出て行った。

そんなことがあった。ただそれだけだ。

だけど、あのときの神崎と恵里奈はかなり親密な関係に見えた。ミスコンの主催者と参加者なので、いろいろ詮索されることもあるだろう。

ひょっとしたらさっきの恵里奈の短い沈黙は、あのとき見られたのを気にしてのことかもしれないと思ったが、無責任なことを言いふらすのは郁美の性に合わない。

「なんでもないの。私のバイト先のコンビニにお客様として恵里奈さんがいらしただけ。あっ、そうだ。土曜日にタワレコでインストアライブがあるんだけど行かない？　もちろん無料だよ。ねえ、一緒に行こうよ」

まだなにか聞きたそうにしている花音と早苗の機先を制するように郁美は話題を変えた。

2

花音と早苗と一緒に、帰りにファミレスで食事をした。ふたりともすごく食べるので、つられて郁美も食べ過ぎてしまった。まだお腹が苦しいぐらいだ。体重計に乗るのが怖い。そのぶん、明日の朝と昼は絶食すればいい。そうすればダイエットになるし、財布にも優しい。

それに、駅からアパートまで歩くだけでカロリーをかなり消費できそうだ。なにしろ郁美が暮らしている場所は、都心にありながらも最寄り駅から徒歩十五分以上もかかる陸の孤島なのだ。

途中に大きな公園があり、その中を突っ切れば五分ほど時間が短縮できるのだが、管理が行き届いていないために木の枝が伸びすぎていたりして陰気で、日が暮れてからはひとりでは絶対に足を踏み入れたくなかった。

そのため、帰りはだいたい公園の外周をぐるっと迂回しなくてはならなかった。

アパートに帰り着いた郁美は玄関のドアを開けて、少しげんなりした。六畳ほどのワンルームだ。玄関から部屋までの短い通路に流し台がついているが、狭すぎて料理をするスペースはない。これでも家賃は七万円もする。東京の家賃は高すぎる。

部屋の半分ほどをベッドで占領されているために、ローテーブルはひとり用の極小サイズのものを使っていた。もっとも恋人はいないので、このサイズで充分だった。

東京に出てきて、もうすぐ半年。学校と家、それにバイト先をぐるぐるまわるだけの生活。友達はできたが、恋人ができそうな気配はまったくない。

どうせ、私みたいな女を好きになってくれる人なんているわけないし……。最近ではそんないじけた気持ちになってきていた。

入学当時はコンパやネットのオフ会に何回か参加したが、オシャレで可愛い女の子ばかりがチヤホヤされて、郁美のような地味な女は単なる人数合わせでしかなかった。いつも帰りに花音と早苗の三人でやけ食いしながら愚痴を言うことのほうが楽しかった。

やはり都会の空気には、いまいち馴染めない。東京の大学に進学したことを後悔し始めていた。

郁美は一時間に一本しか電車が来ないような田舎町で育った。その代わり、緑や自然は豊かだった。まわりは農業や林業をやっている家が多く、のんびりと時間が過ぎていくような場所だった。

そんな故郷が嫌いではなかったし、自分の性格には合っているように感じていた。

そこから離れるなんて考えたこともなかった。

だが郁美は、将来は学校の先生になりたいと思っていた。

そのためには四年制の大学に通わなければならなかったが、実家から一番近い大学でも片道二時間ぐらいはかかってしまう。

実家を出るのは心細かったが、仕方なく東京の大学を受験することにした。

親にはあまり金銭的な負担はかけたくない。そのため、成績優秀者に奨学金を出してくれる修聖女子大学を選んだのだ。

もちろん修聖女子大学はオシャレな学生が多いことで有名だというのは知っていた。

馴染めるだろうかと不安だったが、自分はただ教師になるための勉強をするだけなのだから、まわりにどんな学生がいても関係ない。そう思っていた……。

だが、華やかな大学生活を楽しんでいる、いわゆるパリピたちを間近に見ていると、自分の生活が少し物足りなく感じてしまうのだった。

学校のラウンジであんな不気味なネットドラマを観たからだろうか、どういうわけか今日はネガティブな感情が込み上げてくる。静まりかえった部屋の中にひとりでいると、ますます気が滅入る。

泊まりにきてくれると言っていたくせに、花音と早苗はファミレスを出ると、用事があるからと、さっさと帰ってしまった。

なにか音が欲しくて、リモコンを操作してテレビをつけた。

「あっ……」

いきなり画面にアップで映し出された顔を見て、思わず声をもらしてしまった。

テレビ画面の中では、昼にラウンジで会った亜弥が屈託のない笑みを浮かべながら楽しげに話をしていた。それは若くて可愛い女性が数人、人気のカフェで雑談をするという内容の番組だった。

「あたし、修聖女子大学の二年に在学中なんだけど、今度のミスコンにエントリーしてるの」

亜弥が少し恥ずかしそうに言うと、他の女性たちが明るく褒め称える。

「へえ、すごいじゃない。亜弥ちゃんは可愛いから優勝間違いなしよ」

「ありがとう！　あたしの夢はミスコンで優勝して、女子アナになることなの！　だけど、事前のネット投票では苦戦してて……」

不意に黙り込むと、亜弥は勢いよく振り向いてカメラを見つめた。

「そこのあなた、本番当日は是非会場まで足を運んで、水谷亜弥に投票してね！」

そう言って、亜弥はウインクをしてみせた。

この番組を観ている男の半分はそのウインクでやられたはずだ。その直後、亜弥は照れ隠しのように舌をぺろっと出してみせた。残りの半分は、それでやられたことだろう。

郁美はため息をついた。

自分と同じ大学に通う女子学生が、こんなふうにテレビに出て夢を語っている。そのことをうらやましく思うが、分相応という言葉がある。自分には関係のない世界の話だ。

確かに歴代のミス修聖女子のほとんどは、女子アナや女優として活躍している。最近では、女子アナになるための登竜門と言われているぐらいだ。それに優勝したいと思っている亜弥は、ただ学生時代の思い出のためにミスコンに出場するのではなく、ちゃんと将来のことまで見据えているのだ。

亜弥のバイタリティに圧倒されてしまった。平凡な日常に満足している自分が恥ずかしくなる。と同時に、ほんの少し嫉妬の感情が込み上げてくる。だけど、相手は水谷亜弥なのだ。嫉妬などしたら、よけいに虚しくなる。

郁美はリモコンでテレビを消した。とたんにまた静寂が部屋に満ち、胸が苦しくなってしまう。

今日の私はいったいどうしたっていうんだろう……。

自分の心の中でざわつく思いに、郁美は戸惑わないではいられなかった。

3

大教室での文学概論の授業が終わって教授が出て行くと、隣に座っていた花音がいつもの言葉を口にした。

「ねえ、このあと、どうする？」

その問いかけに早苗が答える。

「私、欲しいマンガがあるの。本屋さんにつきあってくれない？」

いったい月に何冊買っているのか？　三万円は軽く超えているはずだ。ファッションにはほとんど金をかけていないので、なんとかやりくりできているのだろう。

「いいよ。郁美も大丈夫でしょ？」

「うん、大丈夫。今日はバイトないから」

郁美は明るく答えた。

まっすぐ家に帰っても、そこには誰もいない。それなら三人でおしゃべりをしているほうがずっと楽しい。

「ねえねえ、帰りにマックに寄ってかない？　クーポンがあるんだ」

花音の提案に郁美と早苗は同時に「いいね！」とリアクションした。その絶妙なタイミングが面白くて三人でキャッキャと笑いながら廊下に出ると、髪の長い背の高い女が郁美に声をかけてきた。

「麻丘郁美さんよね？　ちょっといいかしら」

それはいつも結城恵里奈の横にいる女だ。恵里奈と並ぶとそれほど目立つことはないが、こうしてひとりで立っているとかなりの美人だ。

郁美の顔が訝しげだったのだろう、女は作り物めいた笑みを薄く浮かべながら自己紹介をした。

「私は仏文科二年の椎名沙紀《しいなさき》よ。見たことはあるでしょ？」

「あっ、はい。いつも結城さんと一緒にいらっしゃるのを」

郁美が応えると、沙紀は少し得意げに顎を上げた。それに、沙紀は修聖女子大学の理事長である椎名旺一郎《しいなおういちろう》の孫ということでも有名だった。正真正銘のサラブレッドなのだ。

「恵里奈さんがあなたとお話をしたいとおっしゃってるの。ちょっと一緒に来てちょうだい」

「えっ？　でも、結城さんが私になんの用なんでしょうか？」

「さあ、私にはわからないわ。恵里奈さんから直接聞いてちょうだい。今日はもう授業はないんでしょ？　まさか、恵里奈さんの誘いを断るなんてことはないでしょうね？」

沙紀は腕を組み、郁美を睨みつけた。郁美は小柄なため、上から見下ろされる形になる。威圧感がすごくて郁美は萎縮してしまう。

「ねえ、郁美、大丈夫？」

「なにかトラブルがあったの？」

花音と早苗が左右から心配そうに声をかけてくれた。

なにもない……。なにもないはずだ。少なくとも郁美は恵里奈に目をつけられる覚えはなかった。いや、やはり、この前、神崎と一緒にいるところを見てしまったことが理由なのだろうか？

でも、とても誘いを断れる雰囲気ではない。それなら会って、はっきり言えばいい。確かに恵里奈と神崎がふたりっきりで親しげにしていたのを見たが、そのことを他人にベラベラしゃべったりはしないと。

「わかりました。結城さんはどちらにいらっしゃるんですか？」

「ラウンジよ。私についてきて」

「私たちも一緒に行きます」

花音が早苗の手をつかんで一歩前に出た。

「あなたたちはいいの。郁美さんだけに用があるんだから」

沙紀はそれだけ言うと、さっさと行ってしまう。

「大丈夫よ。心配しないで。本屋さんに一緒に行けなくてごめんね。じゃあ、また明日ね」

花音と早苗にそう声をかけてから、郁美は小走りに沙紀を追いかけた。

すぐ後ろまで郁美が追いついたことを横目で確認すると、沙紀はまた前を向いてひとりごとのように抑揚なく言った。

「私たちのあいだではみんな名前で呼び合うのが習慣だから、郁美さんも私のことは『沙紀』って名前で呼んでちょうだい」

言葉は優しいが、声にはトゲがある。やはり好意は持たれていないことは確かなようだ。

「わかりました。沙紀さん」

沙紀の背中にそう返事をして、郁美は小走りにそのあとを追った。

4

ラウンジに着くと、一番奥の窓際の定位置に恵里奈を始めとして、いつものメンバーが勢揃いしていた。全員が華やかなオーラを発していて、彼女たちがスクールカーストの頂点にいることが一目でわかる。

さっさとそっちに歩いて行く沙紀の後ろに隠れるようにして、郁美もその前まで行った。

同じ大学の学生だというのに、彼女たちを前にして郁美は足がすくんでしまう。まるで職員室に呼び出された児童のように泣きそうな顔で立ち尽くす郁美に、恵里奈がいつもどおりの優しい笑みを浮かべながら、おっとりした口調で言った。

「あら、郁美さん。ごめんなさいね、わざわざ来ていただいて。どうぞ、そこに座ってちょうだい」

自分の正面の席を手で示す。

「あのぅ……。私……誰にも言いませんから」

郁美はその場に立ったまま、ここに着くまでのあいだに何度も頭の中で反芻していた言葉を口にした。

　恵里奈は不思議そうな表情を浮かべた。

「なんのことかしら？　私はただ、郁美さんとお話ししたくて沙紀さんに呼んできてもらっただけよ。私ね、可愛い女の子が大好きなの」

「……可愛い？」

　顔が赤くなるのがわかった。恵里奈が慌てて付け足した。

「あっ、ごめんなさいね、変な意味じゃないのよ。以前にコンビニで一度、会ったじゃない？　そのときに、この娘、心が清らかそうで可愛いなあ、また会いたいなあって思ったの。そしたら同じ学校だってことじゃない？　是非、お友達になりたいって思って、沙紀さんに呼んできてもらったのよ」

「お友達……ですか？」

　言っていることの意味はわかる。でも、信じられない。恵里奈のような女が自分と友達になりたいなんて、やはりなにか裏があるような気がして仕方ない。

　郁美が戸惑っていると、横から沙紀が少し苛ついたように言った。

「あなたを私たちのグループに入れてあげるって恵里奈さんは言ってるのよ。うれしいでしょ？　さあ、遠慮しないで座りなさいよ」

郁美の肩をつかんで、半ば無理やり椅子に座らせた。

テーブルを囲んで、恵里奈と沙紀の他にふたりの女が座っていた。恵里奈に憧れているだけあって、全員、ファッションや化粧にはかなり気を配っている様子だ。

彼女たちは順番に自己紹介を始めた。

「私は仏文科二年の中森温子《なかもりあつこ》よ」

大きな胸を強調したノースリーブのサマーセーターを着ている。目つきが鋭く、沙紀と似たような雰囲気を漂わせているが、若干小柄なぶん、威圧感は沙紀よりはましだ。

「同じく仏文科二年の紺野優衣《こんのゆい》です。郁美さん、よろしくね」

優衣は優しい笑みを浮かべてくれた。ほっそりとした顔立ちで、やはり目はかなり大きいが、目尻が少し垂れ気味な点が優しそうな印象になっている。

敵意にまみれた視線を浴びて緊張していた郁美は、優衣の存在に胸の奥が少し温かくなるのを感じた。

四人の視線が向けられ、それに促されるようにして郁美も自己紹介をした。

「私……日本文学科一年の麻丘郁美です。……よろしくお願いします」

「じゃあ、みなさん。郁美さんと仲良くしてあげてね」

恵里奈がそう言って拍手をすると、他の女たちもそれに倣った。

もう郁美がグループに入ることは決定事項のようだ。とても断れる雰囲気ではない。

恵里奈は今までの人生で、他人から拒否されたことなど一度もなかったに違いない。その確固たる自信の前では、郁美のような気弱な一般人はまったくの無力だ。

そのあとにつづいた雑談によると、全員が附属の女子高出身とのことだった。学部が全員仏文科なのも、恵里奈が仏文科を選んだので他の女たちもそれに倣ったのだそうだ。

それだけ恵里奈に心酔しているということだ。その恵里奈がいきなり一年生の垢抜けない女を自分たちのグループにスカウトしたことで、あまり快く思っていないことが伝わってくる。

だけど恵里奈は、沙紀たちが郁美に向ける憎しみにも似た嫉妬の感情にはまったく気づかない。

「そうだわ。郁美さん、電話番号を交換しましょ。今、登録するから、あなたの番号を言ってちょうだい」

恵里奈はスマホを手に持って言った。

「……私の電話番号ですか？」

まだ恵里奈を信用できない。これはなにかの罠かもしれないという思いが拭い去れない。調子に乗ったところで「バカね。あなたなんか仲間に入れるわけないでしょ」と笑われそうな気がして仕方ないのだ。

戸惑っている郁美を、恵里奈が笑顔で急かす。

「ねえ、早く教えて」

「は、はい……」

郁美は慌てて自分の電話番号を口にした。学校のクイーンである恵里奈に自分の電話番号を教える日が来るとは想像したこともなかった。緊張のせいで、声が微妙に震えてしまう。

番号をすべて言い終わると同時に、バッグの中でスマホが鳴り始めた。慌てて取り出す。画面に未登録の番号が表示されていた。

これが恵里奈さんの電話番号……？

自分のスマホに結城恵里奈の電話番号が表示されていることが不思議な気分で、郁美はしばし呆然とその数字を見つめてしまっていた。

「その着メロ、いい曲ね。『禁じられた遊び』っていう古い映画の音楽よね？」

「そうです。曲名は『愛のロマンス』っていうんです。私、この曲がすごく好きで……」

「そうなのね。郁美さんによく似合ってるわ。少し物悲しい感じが」

恵里奈の言葉に、沙紀たちが一瞬小さく笑った。確かに郁美はここにいる華やかな女性たちと比べれば陰気な存在だ。恥ずかしくて顔が熱くなった。

プツンと唐突に音楽が消えた。恵里奈がスマホをしまいながら言う。

「それが私の番号よ。ちゃんと登録しておいてね」

「わかりました。ありがとうございます」

そう返事をしたが、手が震えてうまくスマホを操作できない。郁美がスマホの操作に手間取っていると、いきなり恵里奈が立ち上がった。

「じゃあ、郁美さん、行きましょうか？」

恵里奈につづいて全員が一斉に立ち上がる。郁美ひとりがタイミングを逃して、座ったまま恵里奈を見上げながら訊ねた。

「行くって、どこにですか？」

「私が通っているヘアサロンを紹介するわ。そこの桐原《きりはら》さんって方は、芸能人もいっぱい担当しているカリスマ美容師なのよ。いつも予約がいっぱいだけど、私が頼めばすぐに時間を作ってくれるから。きっと郁美さんの魅力を存分に引き出してくれるはずよ。さあ、早く行きましょ」

「あっ、はい」

急かされると郁美は針で尻を刺されたように勢いよく立ち上がり、さっさとラウンジから出て行く恵里奈たちのあとを追うしかなかった。

5

美容室のあとはブティックに連れて行かれて、そこで上から下まで恵里奈が服を選んでくれた。

「これが私……？」

自分のアパートの部屋とたいして変わらない広さの試着室で、壁一面の大きな鏡に映った自分の姿を見つめ、郁美はため息のような声で言った。

そこに映っているのは自分のはずだったが、野暮ったさは少しもなかった。よく知っている自分ではない。まるで魔法をかけられたシンデレラのような気分だった。

恵里奈の取り巻きたちと並んでも、今の郁美は少しも見劣りしない。

「ほら、見違えるようだわ。ねえ、みなさん、そう思わない？」

恵里奈が訊ねると、沙紀を筆頭に温子と優衣が一斉に郁美を褒め始めた。

「本当に可愛らしいわ」

「とっても素敵よ」

「その洋服、すごく似合ってるわ」

そのどの言葉にもあまり心がこもっていないように感じるのは、郁美の気のせいではないだろう。居心地が悪くて、郁美はつい顔を伏せてしまう。

「ダメよ、郁美さん。まっすぐ前を見ないと。せっかくオシャレをしても、そうやって下を向いてたら全部台無しだわ」

恵里奈が正面に立ち、郁美の両頬をそっと包み込むように両手を添えて、顔を上げさせた。まるでキスする直前のように、すぐ目の前に恵里奈の美しい顔があった。

優しく微笑まれると、郁美は取り巻きたちの嫉妬の視線など、もう感じない。恵里奈のしっとりとした手のひらの感触に、ただただ幸せな気分になってしまう。

恵里奈はただ美しいだけではなく、他人を惹き付けるカリスマ性があった。普段は沙紀たちがガードをしているから、他のみんなは遠くから見つめることしかできないが、もしも沙紀たちがいなくなれば、きっとまた違う人たちが恵里奈のまわりに集まり、崇め奉ることだろう。

その証拠に、すでに郁美の心は恵里奈の虜になっていた。

「あの……お金を……」

郁美がバッグに手を伸ばそうとすると、それを制して恵里奈は言った。

「お金はいいのよ。可愛い郁美さんに、お店の方からプレゼントよ。あなたにはその価値があるの。その代わり、写真を撮らせてちょうだい。私のインスタに載せてもいいわよね？」

恵里奈のインスタグラムに自分の写真が載る。そんな光栄なことはなかった。

「私は大丈夫ですけど……」

「沙紀さん、写真をお願いね。ほら、郁美さん、笑って」

郁美の横に恵里奈が立ち、ふたり並んだところを沙紀がスマホで何枚も写真を撮りつづけた。

まるでファッション誌の撮影のように恵里奈は郁美の腕にしがみついたり、くるりとまわったり、いろんなポーズを取る。

沙紀がスマホを構えながら、うんざりしたように言った。

「ほら、郁美さん、表情が硬いわよ。もっと自然な笑顔をできないの？」

「すみません。私……」

昔から写真は苦手だった。自分が思っているよりも、いつも少し悪く写るからだ。もちろんそれが現実であることは郁美も認めなければならない。だからこそ、写真を撮られるのが苦手になったのだった。

「いいの、いいの。その硬い笑顔も素敵よ。郁美さんの清純なキャラに合ってるわ」

何枚撮ったのかわからないぐらい写真を撮られてから、ようやく郁美は解放された。同じようにカメラマン役から解放された沙紀が、作り笑顔を恵里奈に向ける。

「あとでいい写真を数枚選んで恵里奈さんのスマホに送っておくわね」

「沙紀さん、ありがと。さあ、みなさん、お食事にしましょうか。郁美さんもお腹がすいたでしょ。この近くに素敵なレストランがあるの」

恵里奈は郁美の手をつかんで店から出て行く。ブティックの店員が外の道路まで見送りに来て恭しく頭を下げる。特にお金を払っている気配はなかった。本当にプレゼントらしい。

いったいなにが起こっているのかわからない。戸惑いながらも郁美は恵里奈たちのあとをついていった。

レストランは一番奥の席に案内された。

「いらっしゃいませ。結城様、お待ちしておりました。最近はお見えにならないから寂しく思ってたんですよ」

オーナーだという若い男が、わざわざテーブルまで来て挨拶をした。せいぜい三十歳ぐらいだろう。すらりと背が高く、俳優のように端整な顔立ちだ。

「私ももっと来たいんですけど、なかなか忙しくて。そのぶん、今夜はたっぷり楽しませていただきますわ。適当にお勧め料理を持ってきてください」

「では、新作のお料理をお持ちしますね。いつものように、よろしくお願いしますね」

オーナーの男が丁寧にお辞儀をして行ってしまうと、恵里奈たちが早速写真を撮り始めた。内装が洒落ている。まるでファンタジー映画の中に迷い込んだかのようで、いかにもインスタ映えのするレストランだ。

すぐにテーブルに料理が並んだ。かなり豪華で凝った料理だ。色とりどりで、とにかく見た目が華やかだ。

食べる前に、また恵里奈たちは大量に写真を撮り始めた。まるで食べるよりも写真を撮ることのほうが大切なようだ。そしてお互いに見せ合い、批評し合う。

「もっと画像を明るくしたほうがいいんじゃないかしら。このアプリを使ってみると、すごく素敵になるわよ」

恵里奈が指示を出すと、全員がうんうんとうなずいて、また写真を撮り始める。

「郁美さんも写真を撮ってインスタに上げてちょうだい」

呆気にとられている郁美に沙紀が言った。

「私……インスタはやってなくて……」

一応、アカウントは作ってあったが、芸能人やモデルたちがアップする華やかな画像を眺めるだけで、自分はまだ一枚も写真をアップしたことはなかった。いわゆるインスタ映えなど、郁美の生活には無縁な言葉だったのだ。

「えっ？　インスタ、やってないの？」

郁美の言葉に大げさに驚き、恵里奈は珍しい生き物でも見るような目でこちらを見た。そして、この娘に説明してあげて、といったふうに沙紀のほうを向いた。

小さくため息をついてから沙紀が説明してくれた。その内容は郁美には信じられないものだった。

恵里奈のインスタグラムはフォロワーが百万人を超えていた。芸能人でもない一般人としては驚異的な数字だ。それにそのフォロワーたちのほとんどは恵里奈に憧れている若い女性たちだ。

彼女たちは恵里奈と同じ髪型にしたがり、恵里奈が着た服を着たがり、恵里奈が食べたものを食べたがり、恵里奈が見た景色を見たがる。宣伝効果はかなりのものなのだ。

そんな恵里奈のインスタグラムで紹介してもらいたくて、どの店も服や食事やサービスなどを全部無料で提供してくれるということだった。

「だから私たちからお金を取ろうなんて店はないのよ。あったら、ネガティブなことを投稿すればすぐに潰れちゃうからね」

沙紀が意地悪そうな笑みを浮かべた。

「じゃあ、この服も？」

今度の郁美の問いかけには、恵里奈が答えた。

「そうよ。ヘアサロンもお洋服も全部タイアップ。だから遠慮することはないの。もっとも、さっきも言ったけど、それは郁美さんが可愛いからよ。あなたは特別な女性なの。普通の人なら、そんなことはできないんだから」

こう何度も褒められると、さすがに郁美も徐々にいい気分になってきた。人生が音を立てて変わっていくのを感じた。

私……恵里奈さんについていきます。そんな言葉が口から出そうになったが、そのときにはもう話題は他へ移っていた。

「そうだわ。ねえ、郁美さん。私の彼氏の写真を見る？　親しくなった人には、まず見せて自慢するようにしてるの」

恵里奈はいきなりそう言うと、スマホを操作し始めた。

「え……私……」

あのことは誰にも言ってません、という言葉が口から出る前に、恵里奈は郁美の前にスマホを差し出した。その画面に表示されているのは神崎ではなく、幼稚園児ぐらいの小さな男の子だった。

少し照れくさそうに首を傾げ、顎を引いて、こちらをじっと見つめている。

「……この子は？」

「順也《じゅんや》ちゃん。私の彼氏よ。嘘。本当は弟なの。でも、順也ちゃんを愛してるのは本当よ」

「弟……ですか？」

弟にしては歳が離れすぎている。そんな郁美の疑問に答えたのは沙紀だった。

「恵里奈さんのお母さんは後妻なの」

複雑な家庭環境のようだ。聞いてはいけないことかと思ったが、恵里奈は明るく話す。

「そうなの。うちのお母さんはすごく若いのよ。私と七歳しか違わないんだから。お母さんっていうより、お姉さんって感じね。お洋服を貸し借りしたり、一緒にカフェに行ったり、すごい仲良しなの」

恵里奈は屈託なくそう言うと、画面に映った順也を愛おしげに見つめてから、スマホをしまった。

そのあとの恵里奈たちの話題は華やかなものだった。タレントや俳優、スポーツ選手などの有名人たちとのつきあいもあり、その裏話で盛り上がるのだ。

もちろん郁美はただ聞いているだけだったが、今までに経験したことがない、夢のような時間だった。

東京に出て来て半年が経ち、初めて都会の空気に触れることができたように感じた。店から出るときも、まるで雲の上を歩いているかのように足下がふわふわして仕方なかった。

「恵里奈さん、あの人が……」

店から一番先に外に出た沙紀が振り向いて、一瞬、苦々しげな表情を浮かべた。

店の前に赤いスポーツカーが停まっていた。郁美は車には詳しくないが、それでもかなりの高級車だということはわかった。

恵里奈たちの姿を認めると運転席のドアが開き、男が降りてきた。神崎慎吾だ。恵里奈が親しげに声をかける。

「ごめんなさい。待たせちゃったかしら」

「いいえ、お嬢様。お抱え運転手は待つのも仕事のうちですから」

神崎が冗談めかして言った。

「神崎さんと恵里奈さんは本当にお似合いね」

誰に言うでもなく温子がつぶやいた。変に気をまわしてしまったが、ふたりの関係は公然のことだったらしい。そんなことを気にするのは陰キャだけだ。

確かにふたりはお似合いで、まるでおとぎ話のお姫様と王子様みたいだ。ミスコンの運営者と出場者だからといっても、裏工作などといったものがあるわけがない。

それに、そんな裏工作などなくても、恵里奈がグランプリに選ばれるのは当然のことなのだから。グループの末席に入れてもらったからというわけでもなく、郁美はそう思った。

「やあ、みなさん。今夜もお美しい。次回のミスコンには、みなさんも是非エントリーしてみてくださいね」

神崎は取り巻きたちのところまで来て笑顔を振りまいた。ベンチャー企業のＣＥＯでありながら、少しも威張ったところがなく、物腰がやわらかくて笑顔がとてもさわやかだ。素敵な人だなぁ、と郁美は改めて好意を抱いてしまう。

だがそれは、俳優やミュージシャンに対するファン心理のようなものだ。ただ遠くから眺めて、憧れているのが自分にはふさわしい。そんなことを考えていると、神崎が郁美に目を留めて不思議そうな顔をした。

「あれ？　君は？」

「あっ、私……。こないだは――」

「初めて見る顔だね」

郁美のバイト先で会ったことを覚えてくれていたのかと思ったが、どうやら違うようだ。

それにもしも覚えていたとしても、今日の郁美はカリスマ美容師に髪をカットしてもらい、コンビニの制服ではなく今まで着たこともないような華やかな服を着ていた。

まるで別人のようになっていたので、同一人物だと気づかなくても当たり前だ。

「ねえ、この娘、誰なの？」

郁美がどう答えたらいいか困っていると、神崎は恵里奈に訊ねた。

「郁美さんっていうの。修聖女子の一年生よ。可愛いでしょ？　私の新しい恋人なんだから、手を出しちゃダメよ」

「へえ。一年生にこんな可愛い娘がいたんだ。ダイヤモンドを見落としていたなんて、僕もまだまだだな。修聖女子大学のミスコンを企画運営しているＴＴＪの神崎慎吾です。どうぞよろしく」

いきなり握手をされた。男性に手を握られるのは初めての経験だ。意外とゴツゴツした手だった。身体がポッと熱くなった。

「あ……麻丘郁美です。よろしくお願いします」

それだけ言うのが精一杯だった。

「神崎さん、送ってくれるんじゃないの？」

車の横に立ち、恵里奈が微笑みを浮かべながら声をかけてくる。

「ごめん、ごめん。もちろん送っていくよ。じゃあ、僕たちはこれで失礼するね」

神崎は取り巻きたちに言い、最後に郁美に微笑みを向けてから車に駆け寄り、恵里奈のためにドアを開けた。最後まで紳士的な態度だった。

郁美は車が見えなくなるまで見送った。

「あ～あ。じゃあ、私も帰るわ」

沙紀が言い、くるりと背中を向けて歩き始めた。

「じゃあ、私も」

「帰ろ、帰ろ。郁美さん、またね」

女たちは短く言葉を発して、まるで強力な磁力がなくなったかのようにバラバラに帰って行く。

だけど郁美だけは、ひとりその場でぼんやりと立ち尽くしながら、夢の時間の余韻にしばらく浸っていた。

6

青々としていた街路樹の葉が輝きを失い、すっかり色あせていた。辺りはもう秋の気配に包まれている。風は少しひんやりと冷たく感じられるが、それは逆にオシャレを楽しむには適した季節だとも言える。

郁美は修聖女子大学の門をくぐった。最新流行のファッションに身を固めて、颯爽と歩く。踵の高い靴を履いていても、もう以前のようによろけることはない。

視線を感じた。キャンパスをうろつく女子学生たちがチラチラと郁美を見ている。学校のクイーンである恵里奈といつも一緒に行動するようになり、郁美もかなり目立つ存在になっていた。

ただし、郁美に向けられる視線は好意的なものばかりではなかった。目立つ存在は嫉妬の感情を抱かれやすい。

チャラチャラしちゃって。なにあの派手な恰好、芸能人にでもなったつもり？ 調子にのってるよね、といった陰口が聞こえてきそうだ。

でも、見られることは気持ちいい。嫉妬するということは、うらやましいと思っているからだ。嫉妬するよりされるほうがずっといい。郁美は見せつけるように片手で髪を掻き上げてしまう。視線の熱いシャワーを浴びている気分だ。

最近の郁美は、都会の華やかな生活を満喫していた。コンビニのバイトも辞めた。今は恵里奈の紹介で、ときどきファッション誌の読者モデルをしている。ギャラ自体はコンビニのバイトと大差ないが、打ち上げと称して食事を奢ってもらったり、着た服をただでもらえたり、おいしいことがいっぱいあった。それに華やかな芸能人気分を味わえる点がうれしかった。

世の中にはこんな楽しい思いをずっとしている女がいたのだということを、郁美はしみじみと感じた。感じるだけでは満足できない。今までの損を取り戻すべく、活動的に過ごしていた。

郁美は一ヶ月前に目を整形した。もともと奥二重だったのをパッチリとした二重に整形したのだ。ついでに鼻筋にヒアルロン酸を注入した。いわゆるプチ整形で、ほんのちょっとした違いだったが、ずいぶん垢抜けたと自分では思っていた。

「やっぱり、そっちのほうが素敵だわ」

恵里奈にそう褒められて、天にも昇る気分だった。

クラスメイトたちには化粧法を変えたと言ってあったが、信じているかどうかはわからない。でも、目が大きくなったぶん、光がいっぱい入るのか、世界が明るく感じられるようになった。

恵里奈に勧められて、インスタグラムも始めた。もっとも恵里奈に勧められなくても、きっとすぐに始めたはずだ。自分が経験したことをまわりに言いふらしたかったし、自分が見たものをみんなに見せびらかしたかった。

フォロワーの数は恵里奈とは比べものにならないぐらい少ないが、それでも一般の女子大生としてはかなりの数になっていた。自分の日常に興味を持ってくれている人がこんなに大勢いると思うと、誇らしい気持ちになった。

以前のように申し訳なさそうに背中を丸めた歩き方ではなく、ごく自然に胸を張り、挑むように顎を少し突き上げた姿勢になってしまう。

そんな郁美にまっすぐ近づいてくる女がいた。銀縁の眼鏡をかけて、色が褪せたジーンズにフリースのジャケットという姿。髪は真っ黒のおかっぱだ。化粧っ気もなく、女であることで受けるはずの恩恵を最初からあきらめているとしか思えない。

「花音……」

郁美はそうつぶやき、足を止めた。花音の後ろには早苗もいた。早苗も花音と似たり寄ったりだ。相変わらずダボッとした服装で体型を隠し、天然パーマの髪は中途半端に長く、艶もない。たぶんマンガが何冊か入っているのだろう、重そうなカバンを肩から下げている。

最近、ふたりとは疎遠になっていた。同じ学部だったので授業で一緒になることが多いが、教室で会っても特に言葉を交わすこともなく、席も離れて座るようになっていた。

郁美のほうから避けているわけではない。なんとなく花音と早苗が郁美を敬遠している気配があったのだ。

かつて自分が恵里奈とその仲間たちを自分とは違う世界に住む人間だと感じていた

ように、今の花音と早苗は郁美のことを少し近寄りがたい存在と感じているようだ。

すぐ目の前で立ち止まり、花音が反動をつけるようにして勢いよく言葉を発した。

「ねえ、郁美。話があるの」

早苗は人見知りの子供が母親の後ろに隠れるように、花音のフリースの袖をつかんでいる。

「おはよう。どうしたの?」

郁美は意識してやわらかく訊ねた。

花音は少し緊張しているようだ。逆に郁美には余裕があった。花音相手にこういうふうに感じるのは不思議な気分だった。

「郁美さあ。最近、恵里奈さんたちとつるんでるみたいだけど、やめたほうがいいよ」

花音が言いにくそうにしながら言葉を絞り出した。たったそれだけの言葉で、郁美の身体の中で血が沸き立つ感覚があった。

「どうして、あなたにそんなことを言われなきゃいけないの?」

微かに声が震えてしまう。それは怒りのためだ。

「郁美のことが心配だから、いろいろ調べたの。あの人たち、悪い噂があるの」

「悪い噂ってなに？」

「ミスコンの実行委員会って、ＴＴＪってベンチャー企業が実質的に仕切ってるのは知ってるよね？　あの会社、半グレって言うの？　そういう人たちと関係あるらしいよ。もともと女子学生の実行委員会が企画していたミスコンを、お金になるからってかなり強引なことをして入り込んできて、あの人たちが仕切るようになったんだって。で、恵里奈さんはそのボスとつきあってるって」

郁美は思わず吹き出してしまった。まるで芸能界は怖いところだと思い込んでいる田舎の年寄りのような発言だ。

「そんなの嘘よ。ＴＴＪはちゃんとした会社だし、そこのＣＥＯの神崎さんはすごく素敵な人よ。私のほうが花音たちよりも、ずっとずっとよく知ってるの。恵里奈さんが神崎さんとつきあっているというのは本当だけど、美男美女の最高のカップルじゃないの。花音が言うような悪い噂なんて、そのふたりを妬んでる人たちが流しているデマよ！」

興奮して、つい大声になってしまう。恵里奈のことを――それに神崎のことを悪く言われるのは我慢できなかった。

郁美の剣幕に、花音は眼鏡レンズの向こうで細い目を見開いた。郁美が花音に対してこんな態度を取るのは初めてだ。自分でも驚いたが、花音と早苗はもっと驚いたようだ。早苗など、もう泣きそうになっている。

「郁美……。あんた、変わったね」

悔しそうに花音が言った。

「変わったらなんなの？　私は変わりたかった。地味で目立たない女の子でいるのはいやだったの。私は恵里奈さんたちみたいに……もちろんそれは無理だけど、少しでも輝く青春を送りたかったの。あなたたちみたいに、華やかな人たちを妬んだり、足を引っ張ろうって嘘の噂をひろめたりするような人たちとは違うの」

「な……なんてことを……」

今にもつかみかかりそうな花音を早苗が背後から抱きしめるようにして止め、その肩越しに郁美に言った。

「郁美ちゃん、それは言い過ぎよ。私たちは本当に郁美ちゃんのことが心配なの。服装や化粧もどんどん派手になっていくし……。ねえ、花音ちゃんに謝って」

「私は謝らない。恵里奈さんのことを悪く言うような人とは、金輪際関わりたくない。私、もう行かなきゃ」

郁美は花音と早苗をその場に残して、校舎のほうに向かって足早に歩き始めた。その背中に花音の声が投げつけられる。

「本当にいいの？　このままだったら、取り返しのつかないことになるかもしれないよ！」

郁美は振り返らなかった。もう後戻りはできない。いや、後戻りなどしたくなかった。今の郁美はせっかく大学デビューを果たして、楽しい都会暮らしを満喫しているのだから……。

7

郁美は大教室の後ろのほうの席で授業を受けていた。教科書とノートを開いていたが、教授の話はまったく頭に入ってこない。

東京に出てきて初めてできた友達が、花音と早苗だった。そのふたりにひどいことを言ってしまった。花音も早苗もこの授業を履修しているはずだが、すり鉢状になった大教室内にふたりの姿はなかった。

とても授業を受ける気分ではないのかもしれない。ふたりを傷つけてしまった……。後悔の思いばかりが大きくなっていく。

だけど、花音が恵里奈さんのことを悪く言ったから……。

恵里奈は憧れの存在であるとともに、郁美の大学生活を一気に華やかなものに変えてくれた恩人だ。誰よりも大切な人なのだ。

机の上にうつ伏せに置いてあったスマホが短く震えた。メールだ。マナーモードにしてあっても、振動音はよく響く。まわりの学生たちがチラッとこちらを振り返った。

郁美は微かに笑みを浮かべて小首を傾げてみせた。いい女がする、ごめんなさいね、といった仕草だ。それも恵里奈の真似だった。

手に取って確認すると、メールは沙紀からだった。今すぐラウンジに来るようにという内容だ。

急にどうしたのだろう？　いつもランチタイムにはラウンジで恵里奈たちと一緒に食事をするのが習慣だったが、こんな中途半端な時間に呼び出されるのは初めてのことだった。

なにか特別な用件なのだろう。それだけに、よけいにすぐに駆けつけないわけにはいかない。郁美はこっそりと後ろの扉から教室を出て、ラウンジへ急いだ。

いつものテーブルには、沙紀、温子、優衣の三人が深刻そうな表情を浮かべて黙り込んで座っていた。優衣が郁美に気づいて小さく手を振った。軽く会釈して、郁美は沙紀に声をかけた。

「お待たせしました。どうかしましたか？」

当然、恵里奈もいるものだと思っていた郁美の落胆が顔に出てしまったのか、沙紀が不機嫌そうに言った。

「遅かったわね。呼び出しがあったら、すぐに駆けつけるのがルールでしょ」

「すみません。授業中だったもので……」

「まあいいわ。さあ、そこに座って。大事な話があるの」

沙紀が空いている席を目で示した。

「恵里奈さんを待たなくていいんですか？」

「恵里奈さんには声をかけてないわ。そのために、こんな時間に呼び出したんじゃないの」

そう言うと、沙紀は覚悟を秘めた声でつづけた。

「恵里奈さんに手を汚させるわけにはいかないもの」

「手を汚す？」

「それを今から説明するから」

沙紀が舌打ちした。すると郁美はもう萎縮してしまい、なにも質問できない。そんな郁美を一瞥して、沙紀がテーブルの上に身を乗り出した。他の女たちも同じように身を乗り出す。もちろん郁美もそれに倣った。

囁き声で言葉が交わされる。

「こないだの第三回のネット投票を見たでしょ？　水谷亜弥が恵里奈さんに迫ってるの。まあネット投票はイベントを盛り上げるためのカウントダウンみたいなもので当日の本投票とは無関係だけど、みんな空気に流されやすいから、このままだと私たちの恵里奈さんがひょっとしたら……ってこともあるかもしれない」

「そんなことは……」

郁美が言葉を挟むと沙紀が睨みつける。

「もちろん、あり得ない話よ。だけど、亜弥はテレビで自分への投票を呼びかけたり、ずるいことをしてるんですもの。これからだって、なにをするかわからないわ」

沙紀が黙り込み、温子が先を促す。

「でも、どうするつもりなの？」

「私ね、知り合いに探偵がいるの」

沙紀は得意げに言った。人脈の広さは自分の価値を上げる。恵里奈のグループに入ってから、郁美はそのことを痛感していた。

「へえ、沙紀さん、探偵の知り合いなんてすごいわ。どこで知り合ったの？」

優衣が目を輝かせて、単純に感心している。

「ちょっとした知人の知人よ。そんなことはどうでもいいの。それでね。亜弥のことを調べてもらったのよ。そしたら、すごいことがわかったの。あいつ、とんだ食わせ者だったのよ」

沙紀はうれしそうに破顔した。きれいな顔が気味悪く見えた。人間というのはこういう笑い方もできるのだと郁美は初めて知った。

「ねえ、いい？　亜弥を抹殺するのに、みんなに協力してほしいの」

もちろん比喩としての「抹殺」なのだろうが、郁美は心臓を誰かにわしづかみにされたような苦しさを感じた。

これ以上、この話のつづきを聞いてはいけない気がした。だが、沙紀は郁美が立ち去ることを許さなかった。

「もちろん郁美さんも協力してくれるわよね？　恵里奈さんのためだもの」

そう言って、必要以上に大きな目でじっと見つめてくる。郁美はもう蛇に睨まれたカエルのようなものだ。

「……え、ええ、もちろんです。恵里奈さんのためですから」

恵里奈の名前を出されると、そう答えるしかなかった。

郁美の返事に満足そうにうなずいた沙紀は、興信所の報告書をテーブルに置き、計画を説明し始めた。

その説明を聞きながら、郁美の耳の奥に、今朝、忠告されたばかりの花音の言葉が蘇ってきた。

「本当にいいの？　このままだったら、取り返しのつかないことになるかもしれないよ！」

8

インターネット上に水谷亜弥のスキャンダルが流れたのは、沙紀が郁美たちに企みを告白した日の夜のことだった。

《この女、ひょっとしてミス修聖女子にエントリーしてる水谷亜弥じゃね？》

その書き込みとともにツイッターに投稿されたのは、ある中学校の卒業アルバムの写真だった。顔中ニキビまみれの少女が緊張した面持ちで写っている。そしてその少女の写真の下には『水谷亜弥』という名前が記されていた。
だが当初、ネット民たちの反応は鈍かった。
《全然、顔が違うじゃないか。同姓同名だろ》
《別人じゃないの？》
《こういう悪ふざけはやめたほうがいいよ。最近は裁判で有罪になった案件もあるし》
投稿を削除するように促すリプライや、リツイートで拡散しないように呼びかける投稿が相次いだ。
確かにその写真は、現在タレント活動もしていて、修聖女子大学のミスコンの優勝候補でもある水谷亜弥とはまったく似ていなかった。
肉食動物を思わせる特徴的な大きな瞳は腫れぼったい瞼に押しつぶされそうになっていて細く、高くてすっきりとした鼻は典型的な団子っ鼻で、輪郭も四角くて今のすっきりとした小顔とは似ても似つかない。
誰もが悪質なイタズラだと判断し、投稿者を非難した。
《一般人の卒アル写真を晒すのはまずいぞ》
《早く消したほうがいいよ》

《誰か運営に通報しろよ》

実際、投稿者のアカウントはこのツイートをするためだけに作られたもので、フォロワーもフォロワー人数は0だった。まったく信頼性というものが感じられない。

ただ、翌日の夜、いきなりその卒業写真が一気にバズり始めた。それはその卒業アルバムを実際に持っている人物の引用リツイートがきっかけだった。

《私はこの水谷亜弥って子と同じクラスでした。確かにミスコンで話題になっている水谷亜弥とは別人のように見えるし、私もそう思ってましたが、テレビに出てしゃべっているのを見て確信しました。この卒業写真の水谷亜弥とミスコンの水谷亜弥は同一人物です。顔は全然違うけど、声が同じだもの》

その投稿に卒業写真の水谷亜弥が実際にしゃべっている動画が添付されていた。制服姿の水谷亜弥が教室で口論している動画だ。

断片的なものだったが、どうやら数人の女子と揉めているらしい。卒業写真の水谷亜弥はまわりを取り囲まれて罵声を浴びせられている。イジメに近い状態だと思えるが、亜弥は負けていない。動画を撮影している人物に向かって挑みかかってくる。

「今に見てなよ。あんたたちなんかより、ずっと有名になってやるから！」

その声は確かに、修聖女子大学のミスコンにエントリーしている水谷亜弥の声とよく似ていた。

それをきっかけに、卒業写真と動画のセットが、リツイートに次ぐリツイートで、一気にインターネット上にひろまっていった。

《まさか整形だったとはね。びっくりした》

《言われてみれば、きれいすぎて不自然な顔だよね》

《この整った顔はコンプレックスの裏返しってことなんだな》

ひとりっきりの部屋の中、郁美はベッドの上で大きなクッションを抱えるようにして座り、スマホの画面を見つめていた。

亜弥の秘密を暴いたツイートの下に表示される「いいね」と「リツイート」の数字がめまぐるしい勢いで増えていく。それだけ大勢の人間が見ているということだ。

「私は……私はなにもしてない」

弁解するように郁美は言った。

誰に向かって言っているのか？　それは水谷亜弥に対してだ。他人に知られたくない秘密を、大勢の人間が面白がって言いふらしている。これを見て、亜弥はどんなに傷つくことだろう？

沙紀に「あなたも最低十個は捨て垢を作って拡散して」と指示されていたが、郁美は「わかりました」と返事だけして、アカウントを作らなかった。せめてもの抵抗だったが、それは消極的な荷担に他ならない。罪の意識は同じようにあった。

「だからお願い。亜弥さん、もうミスコンを辞退して」

亜弥の秘密は整形だけではなかった。

「まあ、武士の情けよ。このまま亜弥が引いたら、こっちの秘密はバラさないで黙っておいてあげるわ」

そう言って沙紀は楽しそうに笑っていた。今はこれ以上ひどいことにならないことを祈るだけだ。

9

沙紀の狙いどおり、整形していたことがバレてから数日で、亜弥に対する大量の誹謗中傷の書き込みがネット上に溢れかえった。

インターネットの中で燃え上がった炎は、一般マスコミにも延焼した。

もともと注目度の高いミス修聖女子の優勝候補のスキャンダルは、一般マスコミにとってもニュースバリューがあったために、いろんな媒体がこぞって報道し始めていた。

亜弥のプライバシーに配慮して、顔写真にはモザイクをかけて、名前は伏せてイニシャル表記にされていたが、修聖女子大学ミスコンテスト運営委員会のサイトにはそれと同じ亜弥の写真が掲載されていたので、シルエットから誰のことかはすぐにわかる。

このスキャンダルを受けて当然ミスコンを辞退すると思われた亜弥だったが、特に気にした様子はなかった。それどころか亜弥は自身のSNSで、あっさりと整形のことを認めてしまった。

『みんなも必死になってお化粧しているでしょ。それと同じことよ。整形のなにがいけないの？　どう、この顔？　きれいでしょ？　男の人は好きになるだろうし、女の人は憧れるはずよ』

わざわざ動画で投稿し、美しい顔を見せつけながらそうはっきり言われると、騒ぐアンチよりも、亜弥に賛同する者が多くなってきた。

予想に反した展開に、沙紀が苛々し始めた。郁美はまたラウンジに呼び出された。

「できれば匿名での告発だけで済ませたかったけど、こうなったら最後の手段よ。ほんとはここまでしたくはなかったけどね」

したくなかったと言いながら、沙紀の顔には明らかな高揚感が滲み出ていた。小中高と、今までいやというほど見てきたいじめっ子の顔だ。弱みを握り、それを使って亜弥を〝いじめる〟様子を想像してよろこんでいる。

そんな沙紀とは距離を置きたかったが、それは恵里奈とも距離を置くことになってしまう。結局、郁美は沙紀に言われるまま、旧校舎――一号棟の屋上まで一緒に来てしまった。

旧校舎と呼ばれているのは、正式名称は一号棟と二号棟で、修聖女子大学が八十年ほど前に設立されたときに建てられた、一番古い五階建て校舎だ。もう数年前から使われておらず、年明けには取り壊されて、そこに地上二十一階・地下三階のタワーが建築される予定だった。

旧校舎は大学の敷地の一番奥にあり、その辺りは樹木の枝が伸び放題になっていて昼間でも薄暗い印象がある。そのせいもあり、学生もここまで来る者はほとんどいない。

取り壊しを待つだけの一号棟と二号棟は一階の窓にはすべてベニヤ板が張り付けられ、出入り口の扉には鍵がかけられていたが、誰かがイタズラしたのかドアノブが取り外され、自由に出入りすることができるようになっていた。

変質者がそこに住み着いているという噂があり、それがまた学生たちの足を遠ざけていた。

一号棟の屋上は、沈みつつある夕陽によって炎のように赤く照らされていたが、吹き付ける風はカラカラに乾き、痛いほどに冷たかった。もう十一月も半ばなのだ。学祭まであと十日ほどに迫っていた。

「やっぱり、こんなことはもうやめませんか？」

郁美が泣きそうになりながら言っても、沙紀は適当にはぐらかす。

「いいから、黙ってなさい。あんた、恵里奈さんのことが好きなんでしょ？　だったら、恵里奈さんのためならなんでもできるはずよ。ほら、来た」

屋上に出る鉄の扉は開けっ放しだ。そこから水谷亜弥が姿を現した。

亜弥は屋上の真ん中まで歩いてきて立ち止まると、その場にいる女たちをじろりと見まわした。

「確か、二年の椎名沙紀さん、中森温子さん、紺野優衣さんよね？　もうひとりの子は新顔みたいだけど」

「どうして私たちの名前を？」

沙紀が訊ねると、亜弥はにやりと笑って言った。

「そりゃ知ってるよ。結城恵里奈の後ろをいつもついてまわってる金魚の糞だから有名だもん」

「なっ……なんですって」

沙紀の顔色が変わった。その様子を見て楽しそうに笑うと、亜弥が不意に真顔に戻って訊ねた。

「で、大事な話ってなに？」

その問いかけに対して、沙紀が一歩前に出て挑みかかるように言う。

「なんの話かはわかってるんじゃないの？　じゃなきゃ、こんな旧校舎の屋上まで来るわけないし。それだけ、他人には知られたくない秘密ってことよね」

温子がそれに加勢する。

「ねえ、亜弥さん、もうあきらめたほうがいいんじゃないの？」

「あきらめる？　あたしがなにをあきらめるの？」

亜弥は特に動じる様子もなく言い、優衣がその場を取りなすように割って入る。

「ミスコンよ。これ以上騒ぎが大きくならないうちに辞退したほうがいいわ」

「どうして？」

亜弥が不思議そうに優衣を見つめる。沙紀がニヤニヤ笑いながら一歩前に出る。

「あなた、バカなの？　今、ネットは大騒ぎよ。まさかそのきれいな顔が整形で作り上げた偽物だったなんてねえ。あなたの本当の顔も、もうみんな知ってるのよ。あんな醜い顔をしてたくせに、ミス修聖女子になろうなんて、よくそんなふざけたことを考えられるわね。みんなもそう思うでしょ？」

同意を求めるように声をかけられた温子と優衣が、まるで沙紀の真似をするようにニヤニヤ笑いながらうなずいた。

郁美はどうしていいかわからずに、一歩後ろに下がった。だが、その動きが亜弥の視線を引き寄せる。亜弥にじっと見つめられ、郁美の心臓が激しく鼓動を刻む。

ロックオンした視線をおもむろに外し、亜弥がため息をついた。

「バカみたい。どうせミスコンなんて上辺だけを競うイベントなんだから、別に整形だっていいじゃん、今がきれいなら」

「まあ、整形は別にいいわよ。郁美さんだって整形したものね？」

いきなり話を振られて、郁美は慌てて顔を伏せた。きれいになるのはうれしいことだが、やはり整形には後ろめたさがつきまとう。なのに亜弥はまったく悪びれることはない。

「ふ～ん。その子も整形なんだ？　で、話はそれだけ？　明日は東邦《とうほう》テレビの取材があるんだよね。結城恵里奈の腰巾着なら知ってると思うけど、ミスコンに関する取材。エントリーしている七人全員で出演するんで、他の出場者たちに負けないように、今夜はゆっくりお風呂に入って、お肌のお手入れをしっかりしなきゃいけないの。だから、もう帰るよ」

亜弥はくるりと背中を向けた。その背中に、沙紀が強張った声で追いすがる。

「あなたの秘密は整形だけじゃないわッ」

亜弥が足を止めて、ゆっくりと振り返る。その顔をまっすぐに睨みつけながら沙紀が言った。

「あなた、入学金を稼ぐために、未成年のくせにフーゾク店で働いてたんでしょ？」

あの日、ラウンジで沙紀に見せられた興信所の報告書に書かれていたのは、整形の件だけではなかった。かなり優秀な興信所だったらしく、報告書には亜弥の過去が詳しく書かれていた。

まず最初に記されていたのは、亜弥の幼少期の家庭環境についてだった。

亜弥の父親は幼い頃に病死し、それ以降、母親は亜弥を育てるために水商売を始めた。収入はそれなりにあったはずだが、そのぶん男に金を使うようになり、アパートの電気やガスが止められることも度々だった。

もともとだらしない性格だったのか、夫に先立たれたことで糸が切れたのか、それとも水商売での生活が堕落させたのか、亜弥の母親はいろいろと問題があって、小学生のとき、亜弥に給食費も持たせようとはしなかった。

給食費を払わないために担任教師から「おまえには食べる権利はない」と亜弥は給食を食べることを禁止され、昼休みはただじっとなにもない机の前で座っていなければならなかった。

そのことは他の児童の母親から抗議があって、なんとか給食を与えられるようになったが、担任は触らぬ神に祟りなしとばかりに、それ以降は亜弥には積極的に関わろうとはしなくなった。

でも、子供たちはそうはいかない。亜弥に対するいやがらせがつづいた。上履きを隠されたり、机の中にゴミを入れられたりといったイジメの他、殴られたり蹴られたりといった直接的な暴力も多かった。

それでも亜弥は学校を休むことなく登校しつづけた。見た目は違っても、負けん気の強さは今の亜弥そのままだ。そう。見た目は全然違った。

大学生になってから見た目のよさでチヤホヤされていたのとは逆に、子供の頃の亜弥は見た目の悪さではかなり苦労したらしい。母親から育児放棄を受けたのも、可愛くないからというのが理由のひとつだった。

「あの子は私に全然似てないんだもの。愛情なんてわかないわよ」と母親が当時勤めていたスナックのママに話していたらしい。

確かに写真で見る限り母親は、生活が荒んでいたからかかなりうらぶれた感じはあるものの、それでも美人の部類に入るだろう。

中学を卒業すると、亜弥は家を出た。母親の恋人がアパートに転がり込んできて、居場所がなくなったからだった。

高校には通っていない。働きながら高等学校卒業程度認定試験を受けて、大学受験をしたことになっている。そのときの亜弥の収入源がまた問題だった。

今どき、中卒の少女が働ける仕事などほとんどない。そのため亜弥は、年齢を偽ってフーゾク店で働いていたらしい。そのときの宣材写真も添付してあった。ただし、それも今とはまったく顔が違う。中学の卒業写真と同じ顔だ。

沙紀が言うには、フーゾク店には「パネマジ」という言葉があるらしい。パネルマジックの略で、フォトショップなどのソフトを使って写真を加工して、美人にしたり、身体を細くしたりするのだそうだ。

ただ、やりすぎると実際に接客したときにトラブルのもとになる。微妙なさじ加減が難しいらしい。その宣材写真は苦労のあとが見て取れたが、概ねが無駄な努力といったところだった。

それでも、他のフーゾク嬢がいやがる客やプレイ内容を進んで引き受け、亜弥は金を貯めた。そして十八歳になるとフーゾクで働いて貯めた金で韓国に行き、整形手術を何度も受けて別人になって帰国した。

「そしてあなたは、見事修聖女子大学に合格し、顔面を総取っ替えした水谷亜弥として大学デビューを果たしたのよ」

夕陽に顔を赤く照らされながら、沙紀は勝ち誇ったように言った。

「へぇ〜。ずいぶん調べたのね」

フーゾク勤めのことを指摘されても、亜弥の表情はさっきとまったく変わっていない。その余裕の態度に、反対に沙紀たちが怯んだ。

これが沙紀の切り札だったのだ。この秘密をバラされたくなければミスコンを辞退しろと迫るつもりだった。もう手札は残っていない。

「な……なによ、あんた。自分が置かれた状況がわかってるの？」

沙紀の顔がさらに紅潮していく。温子と優衣も腕を組んで、沙紀に加勢するように必死に亜弥を睨みつけている。その様子を郁美は一歩下がった場所で、ただ呆然と見つめていた。

確かに恵里奈を応援する気持ちはあったが、裏でこんな小細工をするのは違うと思っていた。

「あたしが置かれた状況って?」

「もしもこのまま出場を辞退しなければ、フーゾクで働いてたことも全部ネットで拡散させるってことよ」

「やっぱり整形のことをツイートしたのはあなたたちだったのね」

沙紀が低く唸った。

「そうよ! それが悪いって言うのッ?」

「ねえ、どうしてそんなにあたしに、ミスコンに出てほしくないの?」

「フーゾクで働いて稼いだ汚れたお金で大学に通っているような整形女に、伝統あるミス修聖女子の歴史を汚してほしくないのよ」

「嘘」

「嘘じゃないわ」

「それはあんたたちのボスである結城恵里奈を優勝させたいからでしょ? もしもあたしを醜いと思う人が多ければ、ミスコンで落とされるだけ。でも、そうならなそうな気配だから焦ってるんじゃないの？」

　確かに、整形疑惑が出ても毅然としているために、亜弥の人気は落ちないどころか、逆に上がっていた。

　このまま亜弥がミスコンに出場すれば、亜弥が優勝する可能性も高い。沙紀がやったことは逆効果だった。

「恵里奈さんは関係ないわッ。あなたが出場したって、恵里奈さんの優勝は揺るがないもの。だけど、恵里奈さんがミス修聖女子になるのを邪魔しようっていうあなたが許せないのよ」

「あんたたち、いったいなんなの？　結城恵里奈の奴隷なの？　どうしてあの女のためにそこまでするの？　バカじゃないの？　あの女はあんたたちのことなんか、自分に都合のいい召使いだとしか思ってないよ」

「いいの！」

　沙紀はヒステリックに叫んだ。

「私は恵里奈さんの人生に関われたら、それだけで幸せなの！」

　亜弥は苦笑し、あきれ果てたといったふうに頭を振った。

「まるで宗教ね。まあ、いいけど。でも、あたしは辞退しない。そして結城恵里奈に勝つから」

「な……」

怒りのあまり、沙紀が言葉に詰まる。その様子を見て亜弥はおかしそうに笑い、すぐに真顔になって話し始めた。

「あたしね、整形していたことも、その費用と大学の入学金をフーゾクで働いて稼いだことも、いずれはカミングアウトするつもりだったの。自伝とか書いちゃったりしてさ。でも、一番効果的なタイミングでと思ってたんだ。それはたぶんミスコンで優勝して女子アナになって、もっと有名になってからだったんだけどね」

「……どうして？」

沙紀がつぶやくように言った。まるで小さな子供が疑問をぶつけるように、素直な問いかけだった。その問いに答えて、亜弥もそれまで浮かべていた冷笑を抑えて真剣な顔で言った。

「見た目の美しさだけをチヤホヤしている世間をバカにして笑ってやりたかったの。醜い少女時代に受けた仕打ちへの復讐みたいなものね。世間のやつらが重要視していることなんて、薄っぺらなものだって思い知らせてやるつもりだったの。あんたたちがよけいなことをしたから、こんな中途半端なタイミングになっちゃったけど。もう女子アナとかすべて飛ばして、全部カミングアウトするのもいいかもね。その上でミスコンで優勝したら、なんだか愉快じゃない？」

亜弥は楽しそうに笑った。インターネットに吹く追い風を見る限り、それはあり得ることだった。

「ちょっと待って！」

そう叫んだのは温子だった。

「今度はなんなの？」

「おかしい……。おかしいわ。いくら呼び出されたからって、のこのこ旧校舎の屋上まで来るなんて。それも弱みを握られていることを恐れてだったらわかるけど、もともとそんなのどうでもいいって思ってたなら、ここに来る理由なんてないもの」

亜弥の顔から笑みが消えた。苦々しげに唇を歪める。屋上に現れてから、初めて見せる表情だ。その顔がまるで返り血でも浴びたかのように、夕陽で真っ赤に照らされている。

「あんたまさか」

温子が亜弥に飛びかかった。

「なにすんのさ！」

「スマホよ。スマホを出しなさいよ！」

温子は亜弥の上着のポケットに手を入れてスマホを取り出した。スワロフスキーで悪趣味なまでにデコレートされたスマホが、夕陽を浴びてキラキラ光る。

「やめてよ！」

それを素早く奪い返し、亜弥は沙紀たちから距離を取るように後ろに飛び退いた。

「なに？　温子さん、どういうこと？」

優衣が混乱した様子で訊ねた。その問いかけに、温子が忌々しげに答える。

「こいつ、さっきのやりとりを全部録音してたのよ」

ふっと短く息を吐くように笑い、亜弥が言う。

「確かに、今のやりとりは全部録音させてもらったからね。今度は逆にこれをネットで拡散してやるわ。ちょうど明日、東邦テレビがミスコンの取材に来るから、そのときにこの音声を聞かせてあげてもいいかな。生放送だからカットはできないしね。そしたら結城恵里奈の評価は一気に下がるよ。自分の子分を使って、こんな卑劣なことをしてたんだから。きっとあたしに対して吹いたネットのバッシングの嵐よりも、もっとすごいのに襲われるだろうね。なんの苦労もなく生きてきたあのお嬢様が、それに耐えられるかな？」

沙紀たちが瞬間的にざわついた。形成が一気に逆転した。

「恵里奈さんは関係ないって言ってるでしょ。私たちが勝手にやったことよ！」

沙紀が悲痛な声を張り上げる。

「そんなに言うなら、そのセリフも一緒に公開してあげるよ。だけど、あんたたちがどう言おうと、結城恵里奈が裏で糸を引いてるってみんなは思うだろうね」

「そんなこと、絶対に許さないわ。そのスマホをこちらに渡しなさい！」

沙紀が亜弥に飛びかかり、スマホを奪おうとする。

「やめてよ、沙紀さん！　これは窃盗よ。いいえ、強盗ね。痛い！　温子さん！　優衣さん！　今度は強盗傷害よ！　刑事告訴するから、あんたたち全員、逮捕されるがいいわ。学校は退学。就職も結婚もできなくなるわよ！」

亜弥はわざとその場にいる女たちの名前を叫ぶ。その声もまたスマホに録音され、屋上にいる全員を地獄に突き落とそうとする。

「あなたに私の人生を左右させるもんか！　スマホを渡せ！」

沙紀がつかみかかる。その手を払いのけながら亜弥は笑い声を上げた。

「な……なにがおかしいのよ？」

「だって、必死なんだもん。上品ぶってるくせに、鼻の穴を大きくひろげちゃってさ。目なんか血走ってるし。あたしはあんたたちみたいに恵まれた人間が大嫌いなんだ。醜く生まれて貧しく育った人間の苦しみを少しでも知ればいいんだよ。さあ、あんたたちの人生はジ・エンドだ！」

「いや！　そんなのいや！」

亜弥の言葉に刺激された沙紀が力任せに体当たりした。屋上をぐるりと囲んだ鉄製のフェンスに背中を押しつけられた亜弥が苦しげに呻いた。その亜弥の首を両手で締め上げる。

「や……やめて……。放して。く……苦しい……」

美しい亜弥の顔が苦悶に歪む。

「じゃあ、そのスマホを渡しなさい！　みんなも手伝って！」

振り返った沙紀は般若のような顔をしていた。温子も優衣もそのあまりの迫力に腰が引けた恰好で呆然と見つめている。もちろん郁美もだ。

「早く！　なにしてるのよ、この女からスマホを奪い取るのよ！　こんな音声が公開されたら、私たちはもう終わりよ！」

沙紀の怒鳴り声で、ようやく我に返ったように温子と優衣が駆け寄って加勢した。

それでも亜弥はスマホを離そうとはしない。スマホをつかんだ手をフェンスの外に出して必死に抵抗する。

沙紀は両手で亜弥の首を絞めつづける。亜弥の上半身がフェンスの向こうに乗り出していく。

そこには明らかな殺意が見て取れた。もしもスマホを奪い取って証拠を抹消しても、今度は殺されそうになったと告発されるかもしれない。亜弥が生きている限り、弱みを握られつづけることになる。

このまま殺してしまえ！

乾いた風に乗ってそんな声が聞こえたように感じ、屋上の隅で呆然としていた郁美はびくりと背筋を伸ばして周囲を見まわした。

沙紀が叫んだのだろうか？　いや、違う。空気を震わす声ではなく、直接耳の奥に響いたような気がした。沙紀の心の声が聞こえたのだ。それは温子と優衣にも聞こえたようだ。そして、全員の意志が一致した。

三人がかりでフェンスに押しつけられた亜弥の足が、屋上のコンクリートから浮き上がる。それでも亜弥はスマホを持った手を高く上げて、奪われまいと必死に抵抗する。

そんな亜弥の視線が郁美に向けられた。

「郁美さん、助けて！　こいつらをやめさせて！　こいつら、あたしを殺すつもりだよ！　郁美さん！　あなたも一緒になって、あたしを殺すの？　お願い。郁美さん、助けて！」

亜弥が沙紀たちの肩越しに叫んだ。その声を聞いて郁美はゾッとした。

……名前を呼ばれた。

さっき沙紀が郁美の整形について話を振ったときに覚えたのだろう。あのときは離れていたので沙紀の声が録音されていたかどうか微妙だが、今の亜弥の声ははっきりと録音されたはずだ。

亜弥は郁美も一緒に地獄に連れて行くつもりだ。

亜弥の身体はもう半分、フェンスの外に出てしまっている。あとほんの少しで転落しそうだ。このまま殺してしまえ。もう一度、声が聞こえた気がした。それは自分の心の声だった。

郁美は勢いよく頭を振って、そんな邪悪な考えを振り払った。

「ダメです！　やめてください！」

叫びながら郁美は沙紀たちに駆け寄った。そして手を伸ばして沙紀の肩をつかもうとした。だが、その手が触れる寸前に、亜弥の姿はフェンスを越えて落ちていった。

一瞬あとに、ドーン！　と地響きのような音が聞こえた。

屋上の時間が止まった。呆然としている女たちの顔を、血のように赤い夕陽が照らしている。

金縛りにあったみたいに身体が動かない。その鎖を引きちぎろうとするかのように、郁美が叫んだ。

「亜弥さん！」

時間が再び動き始めた。

四人の女たちが一斉にフェンスから身を乗り出して下をのぞき込んだ。

屋上は夕陽に赤く照らされていたが、一号棟と二号棟のあいだは暗くてよく見えない。まるで深い沼をのぞき込んでいるかのような感覚を持った。

「……スマホ」

下をのぞき込んだまま沙紀がつぶやいた。

「沙紀、やばいよ。あれには私たちがしたことの証拠がはっきりと残されてるんだから」

沙紀の腕をきつくつかんで、温子が駄々っ子のように揺さぶった。

優衣が泣きそうな顔でカチカチと歯を鳴らしている。

もしも亜弥が死んだとしたら、警察はスマホを調べるだろう。するとそこには、今まさに突き落とそうとしている沙紀たちとのやりとりがすべて録音されているのだ。それは殺人の確固たる証拠となるはずだ。

そしてそのスマホには、郁美の名前も録音されている……。

「郁美さん、助けて！」

亜弥の声が耳の奥で、また響いた。

「スマホを回収するのよッ」

沙紀の言葉を受けて、全員が弾かれたように屋上から校舎内へ入り、階段を駆け下りた。その最後尾に郁美もいた。

私は亜弥さんに触ってもいなかった。でも、そう警察で主張しても信じてもらえるかどうか……。

郁美の頭の中に故郷の両親の顔が浮かんだ。夏休みの帰省から東京に戻るとき、駅まで軽自動車で送ってくれた両親。平和で温かい光景……。こんなふうに憎悪にまみれた世界と地つづきであるなど、想像することもできない時間だった。

どうしてこんなことになってしまったのか？　大学デビューを果たして、華やかで楽しい日々を満喫していたというのに、どうしてこんなことに……。

沙紀たちの足音を追って、薄暗い階段をどこまでもどこまでも駆け下りていく。まるで地獄の底まで降りていくような錯覚を覚えたが、それでも郁美は降りつづけるしかなかった。

10

校舎の一階から飛び出すと、外はもう真っ暗だ。階段を駆け下りるほんの短い時間で、まるで暗幕をおろしたようにすっかり日が暮れてしまっていた。

秋の日はつるべ落としと言うが、それにしても速すぎる。なにかが変だ。不吉な思いが込み上げてくる。

だが、そんなことを気にしている余裕はない。郁美は沙紀たちのあとを追って走った。そして、すぐに追いついた。沙紀たち三人は立ち止まり、一号棟と二号棟のあいだの幅一メートルほどの空間を、腰が引けた恰好でのぞき込んでいた。

「亜弥さんは?」

郁美がすぐ後ろから声をかけると、沙紀たちが短く悲鳴を上げて飛び退いた。

脅かさないでよと文句を言われながらも、郁美の視線は彼女たちが飛び退いたことによってできた隙間から旧校舎のあいだに向けられていた。

郁美たちがいる場所はまだ学校の敷地内に立てられている街灯の明かりで薄ぼんやりと照らされているが、校舎のあいだまでは、その光は届かない。

そこには漆黒の闇があった。飲み込まれてしまいそうな闇だ。人間が先験的に持っている闇に対する恐怖心を刺激する暗さだった。

「みんな、スマホのライトをつけて」

そう言う沙紀の声が震えている。

沙紀と温子と優衣、それに郁美も自分のスマホを取り出してライトをつけた。そして、罪の意識を分散させるために死刑執行時に執行人数人が同時に床板を外すボタンを押すのと同じように、全員が同時に暗い校舎のあいだにライトを向けた。

その瞬間、背中を何匹もの虫が這い上がっていくような不快感に襲われ、郁美は全身をぎゅっと硬くした。降り積もった枯れ葉の上に、人が仰向けに倒れているのが見えた。もちろんそれは亜弥のはずだ。

「死んだのかな？」

優衣がひとりごとのように言った。

誰も返事をしない。ただ、四つのスマホのライトで照らされた人影を、息を呑んで見つめているだけだ。

亜弥は動かない。ときおりカサカサと枯れ葉が鳴るが、それは風のせいだろう。ビル風のように一号棟と二号棟のあいだには風が渦を巻いている。その風にのって微かに生臭い匂いが漂ってきた。きっと血の匂いだ。

「死んだかどうか確かめるわよ。それと、亜弥のスマホを回収しなきゃ」

自分に言い聞かせるように沙紀が言い、幅一メートルほどの校舎のあいだに足を踏み入れた。

その瞬間、沙紀は短く悲鳴を上げて、一歩後ろによろけた。そして勢いよく顔の前で手を振った。

「どうしたの？」

温子がいつでも逃げ出せるように腰を屈めた恰好で訊ねる。

「蜘蛛の巣よ。ああ、気持ち悪い」

顔についた蜘蛛の巣を払いのけながら、沙紀が忌々しげに言った。

一号棟と二号棟のあいだは、蜘蛛にとっては最高の捕食場なのか、見渡す限り蜘蛛の巣だらけだ。

それを忌々しげに手で払いのけながら、沙紀はまた亜弥のほうへ向かって歩き始める。

温子と優衣もしぶしぶそれにつづき、少し進んでから温子が振り返って郁美に言った。

「あんたも来るのよッ」

「……はい」

温子の言葉が首につなげられたリードであるかのように、郁美は三人につづいた。

足下で枯れ葉がガサガサ鳴り、ときどき枯れ枝がポキンと折れる。沙紀が足を止めて、まるで深呼吸でもするように大きく息を吐いた。

その背後からおそるおそるのぞき込みながら温子が訊ねる。

「どう？　死んでる？」

「そうね。この状態を見れば、即死だったって感じね」

沙紀が断言するように言い、後ろを振り向いた。

「郁美さん、亜弥のスマホを拾ってちょうだい」

「えっ？　……どうして私が？」

「あなただけ、まだ手を汚してないじゃないの。あなたも恵里奈さんのために手を汚さなきゃ」

沙紀と温子と優衣は揉み合うようにして、屋上から亜弥を突き落とした。そのとき、郁美は三人をとめようとしたが、ぎりぎり間に合わなかった。

厳密に言えば、共犯者ではないはずだ。だが、もしも刑事事件として立件された場合、そんなことを誰が信じてくれるだろうか？　現に亜弥のスマホには、郁美の名前を呼んで助けを求める亜弥の声が録音されているのだから。

それだけでは不安だというのか、沙紀は郁美を正真正銘の共犯者にして、自分たちとの罪の重さの差を少しでも縮めようとしているのだ。

「ほら、郁美さん、早く。こんなところを誰かに見られたらどうするのよ？　さっさと片付けて逃げなきゃ。ほら、早くったら！」

沙紀が郁美の腕をつかんで強く引っ張った。郁美はよろけるようにして三人の前に飛び出してしまう。

すがるように振り返ると、沙紀たちが壁を作っていて、物理的にも気持ち的にも逃げ道は完全に塞がれていた。言われたとおり、亜弥のスマホを拾うしかない。

郁美はまた暗い闇のほうを向いた。そしてスマホのライトを前方に向ける。そこには亜弥が仰向けに倒れていた。転落したときに骨が折れたのか、まるで卍《まんじ》という文字のように手脚が奇妙な形に曲がっていた。

手脚だけではない。首の骨も折れているようだ。後頭部も半分潰れていて、流れ出た血が枯れ葉を黒く濡らしている。

そして、亜弥の見開いた目は校舎のあいだから、まっすぐに夜空を見上げている。瞬きもしない。沙紀が言うとおり、確かにもう死んでいるようだ。

死体を見るのは初めてだ。恐ろしさに膝が震えてしまう。

「亜弥さん、ごめんなさい」

この状況でその言葉は意味がないと思いながらも、謝らないではいられない。もちろん返事など期待していなかった。亜弥はもう死んでいるのだから。

その代わり、優衣が悲鳴を上げた。だがそれも一瞬だけだ。沙紀が手で優衣の口を塞いだ。そして耳元で、押し殺した声で囁く。

「大きな声を出さないでよ。誰かが様子を見に来たらどうするの」

「ごめんなさい。でも、今……亜弥さんの指が動いたように見えて……。ひょっとして、まだ生きてるんじゃないかな」

口を塞いでいた手を沙紀がどけると、優衣が弱々しい声で言った。

「そんなわけないでしょ。だいたい優衣さんは臆病すぎるのよ。こんな状態で生きてるなんてあり得ないわ」

沙紀が低い声で断言した。誰もなにも言わない。みんなが沈黙しているのは自分の意見に同意したからだと判断した沙紀が言葉をつづける。

「だから早くスマホを奪って逃げるのよ」

「でも、スマホがなくなってたら怪しまれるんじゃない？」

温子が訊ねる。確かにそうだ。郁美はその意見にすがりつきたくなった。だが、沙紀は一蹴してしまう。

「仕方ないじゃないの。この中には私たちがしたことが全部記録されてるんだから。死んだあとにプライバシーを暴かれるのをいやがって事前に処分したって警察も考えてくれるわよ」

それがかなり都合のいい考えなのは確かだったが、もう誰も異議を唱える者はいなかった。駄目押しのように沙紀がつづけた。

「私たちは誰も旧校舎には来なかった。亜弥さんはネットの誹謗中傷を苦にして飛び降り自殺をした。それでいいわね？」

みんなが無言でうなずいた。こんなことで揉めるよりも、一秒でも早くここから立ち去りたい思いからだ。郁美も同じだった。

「郁美さん、早くスマホを」

沙紀がライトで亜弥の手元を照らす。奇妙な形に曲がった腕の先端、亜弥はこんな姿になってもまだスマホを握り締めていた。

郁美は亜弥の横にしゃがみ込み、スマホを取ろうとした。それでも亜弥はしっかりと握り締めて放さない。

「お願い、放して。亜弥さん、お願いだから」

泣きそうになりながら、一本ずつ指を引きはがしていく。まるでもう死後硬直が始まっているかのように指が固まっている。人差し指、中指、薬指、小指……。四本の指を伸ばすと、ようやくスマホが枯れ葉の上にぽとりと落ちた。

そのとき、もうひとつ、奇妙な音が聞こえた。ゴゴゴ……と谷底に吹く風のような音。それが呻き声……人間の呻き声だと郁美が気づくのと同時に、亜弥の見開いた目がギロリとこちらに向けられた。

「ひっ……」

郁美は息を呑んだ。全身が硬直する。見えない針金でがんじがらめに縛られているように感じた。

おそらく目頭切開で限界まで大きくされた亜弥の瞳は、人間のものとは思えない迫力だ。悲鳴を上げたかったが、吸っても吸っても空気が肺に入ってこない。過呼吸の発作が起こりかける。

「どうしたの？　郁美さん、なにしてるの？」

郁美の異変に気づいた沙紀が、少し離れたところからスマホのライトを向けながら声をかける。過呼吸の発作はますますひどくなる。苦しい……。意識が薄れていく。

そんな郁美を睨みつける亜弥の唇が微かに動き、そのあいだから不明瞭な声が絞り出される。

「……ゆるさない……おまえたちを……ゆる……さ……な……い……」

そのとき、郁美を睨みつけたままの亜弥の瞳の黒目が不意に白く濁った。たった今、完全に死んだのだ。目力が一気に弱まり、それによって郁美の身体が自由を取り戻した。

「いや！」

スマホを素早く拾い上げると、郁美は勢いよく立ち上がって亜弥から離れた。背中が、沙紀たちが作ったやわらかい壁に当たる。背後から抱きかかえられた。

「早く電源を切って！」

沙紀に言われて、郁美は震える手でスマホの電源を切った。そのことを確認してほっと息を吐き、沙紀が耳元で囁く。

「これは恵里奈さんのためなのよ。いいわね。あなたも共犯だからね」

郁美は何度もうなずいた。それは了解の意味を表しているのか、それともただ単に激しく震えているだけなのか、郁美本人にもわからなかった。

「沙紀さん！　こんなところからは早く逃げましょ！」

すでに自分は亜弥の死体から離れ、リレーのバトンを受け取ろうとしている運動会の小学生のように背後を気にしながら優衣が急かす。

もちろん急かされなくても、すぐにでも立ち去りたい思いはみんな同じだ。沙紀と温子は先を争うように優衣を追って走り始めた。

「待ってください！」

膝が震えてうまく走れない郁美が声ですがりつく。そのとき、背後で枯れ葉がカサカサ鳴るのが聞こえた。

それは渦を巻く風が枯れ葉を震わせているのか、それともっと違うなにかがうごめいているのか……。郁美には確認する勇気はなかった。そのまま後ろを振り返ることなく、郁美は沙紀たちを追って走り始めた。

11

女たちが逃げ去ったあとも、亜弥はまだ生きていた。だが、身体は動かない。心臓も止まっている。それでもまだ、脳だけは動きつづけていた。

だけど、もう脳からの指令はどこにも届かない。心臓を動かすことも、呼吸をすることもできないのだ。

そんな亜弥の顔になにかが触れた。亜弥の身体はもう廃墟の一部になったと判断したのか、蜘蛛がせっせと顔の辺りに巣を張り始めていた。勝手にすればいい。どうせ自分にはもうなにもできないのだから。

完全な死が、すぐそこまで迫っていた。九割方、死に飲み込まれながらも、亜弥の命はまだ必死にこの世にしがみついていた。

不幸な人生だった。このまま終わってしまっては悔しすぎる。

物心ついた頃から、亜弥は醜かった。そのせいで親に疎まれた。母親は美しい顔をしていた。この子はいったい誰に似たのかしら？　というのが母親の口癖だった。

亜弥はほとんど育児放棄状態で育った。そのせいで自分に自信が持てなくて、子供らしい無邪気な可愛さも身につけることはできなかった。醜さよりも、貧乏よりも、それが学校で友達ができなかった一番の理由だ。

小学生のときの亜弥のあだ名は『アヒル』だった。『醜いアヒルの子』という童話を国語の授業で習ったときに、クラスメイトのひとりが「こいつの母ちゃん、すっごい美人なんだぞ。この童話とそっくりだ！」と叫んだのがきっかけだった。

アヒルと呼ばれるのはいやだったが、醜いアヒルの子は成長したら白鳥になるのだから自分も大人になれば……とひとりで妄想したりしたが、中学生になってニキビができ始めると、ますます醜さに拍車がかかった。

『化け物』

それが亜弥の新しいあだ名になった。

自分たちより劣っている。それが見ただけでわかるという存在は、子供たちにとってはかっこうの攻撃対象だった。いじめられ、自信をなくし、内面の輝きもまったくなくし、ますます亜弥は醜くなった。

家庭にも学校にも居場所はなかった。

母親が男と同居し始めたため、中学卒業と同時に家を出て自活した。生きるために年齢を偽ってフーゾク店で働いた。

そこでも見た目のせいでひどい扱いを受けた。それでもプライドを捨てて屈辱に耐えることによって、なんとか金を稼ぐことができた。

男と肌を触れ合わせることでホルモンのバランスが改善されたのか、ニキビは消えたが、もともとの顔はどうにもならない。

最初は生活費を稼ぐためだと思って無目的に働いていたが、そのうち、いつか整形手術を受けたいと思うようになった。それは美しくなってチヤホヤされたいという思いよりも、見た目ですべてを判断する世間に対して復讐するためだった。

その舞台に選んだのが修聖女子大学のミスコンだった。優勝者のほとんどが女子アナや女優になって活躍している。ミス修聖女子大学のタイトルをステップにして有名になってから、自分が整形であることや、自分の生きてきた過去を告白して、見た目の美しさを競い合うことの浅はかさを笑ってやろうと思っていた。

そのときは、もうすぐそこまで来ていたのだ。それなのに、あんなやつらのせいで……。

枯れ葉が風に吹かれてカサカサと鳴る。耳障りな音だ。ん？　これは風のせいではない。なにかがいる。さっきの蜘蛛だろうか？　今まさに死にかけているというのに、そんな些細なことが気になる。

だが、終わりのときは、確実に近づいてきていた。

後頭部が潰れているのがわかる。そこから血やその他——脳みそなのだろうか？——なにかよくわからない液体も流れ出ている。

ああ、もうダメだ。ゆっくりと底なし沼に沈み込むようにして死んでいく……。

悔しい……。悔しい……。悔しい……。

もう肉体は死んでいるというのに、涙が溢れてきた。整形手術で大きくした自慢の目に涙が溜まっていき、それがついにこぼれ落ちる。

流れ落ちた涙が血と混じり合う。そのとき、血の中でなにかが動いた。それまでカラカラに干涸びていたのが、血と涙を吸って瑞々しさを取り戻した小さな軟体動物のようなものがうごめく。

指の第一関節から先ぐらいの大きさだ。それが血の海の中をゆっくりと移動し、亜弥の後頭部にできた裂け目から体内に潜り込む。

静かだ。なにも起こらない。だが、数秒後、亜弥の指がピクリと動いた。細かく振動するように身体全体が震え始める。みるみる身体が再生していく。折れた腕がつながり、奇妙な角度に曲がっていた脚がほぼまっすぐになる。傷口が塞がる。

目は白く濁ったままだ。それでも亜弥は血を吸った枯れ葉の上に、むくりと勢いよく上体を起こした。

「いやー!」

悲鳴を上げて、郁美はベッドの上で飛び起きた。

両手で顔を触り、腕を触り、布団をはね除けて脚をさすった。どこにも傷はない。ベッドから飛び降りるようにしてバスルームに駆け込み、鏡に映った自分の顔を確認した。

そこに映っているのは、血にまみれた亜弥の顔ではなく、寝起きのために少しむくんでいる郁美の顔だ。

化粧をしていないとまだ子供のようにあどけない顔。二重に整形した瞼とヒアルロン酸を注入した鼻筋だけが、不自然に輝いて見える。

大きく肩で息をしていると、徐々に気持ちが落ち着いてきた。

さっきのは夢だ。全部夢だったのだ。

ほっと胸をなで下ろしてバスルームから出た郁美は、ローテーブルの上に置かれたバッグに目を留めた。それが強烈な存在感を放っている。まさか……。

バッグに手を入れると冷たい感触があった。ゆっくり取り出す。それは暗い旧校舎の狭間で亜弥の手から毟り取った、色とりどりのスワロフスキーでデコレートされたキラキラと輝くスマートフォンだった。

「いやっ……」

テーブルの上に放り投げるようにして置いた。

夢ではなかった……。少なくとも、ゆうべのことはやっぱり現実だ。屋上の出来事。一号棟と二号棟のあいだの暗闇での出来事……。すべてが生々しく思い出されてくる。

私は亜弥さんを見殺しにしてしまった……。ああ、とんでもないことをしてしまった……。郁美はその場にしゃがみ込んで頭を抱えた。

昨夜、スマホの処分を沙紀から押しつけられた。少しでも郁美の罪を重くして自分たちとの差を小さくしようという考えからだ。

「郁美さんが責任を持って、そのスマホを処分してちょうだい。川に捨てちゃえばいいわ。だけど、ちゃんとデータを読み取れないように壊してから捨ててね。言っとくけど、絶対に電源を入れちゃダメよ。ＧＰＳ機能で、そのスマホがどこにあるのか警察にはわかっちゃうそうだから」

そう念押しされた。

でも、こんなスマホは少しのあいだでも持っているのはいやだ。すぐにでも壊して捨ててしまいたいと思いながらも、夜中に大きな音をたてて隣の部屋の住人に不審に思われたら最悪だ。

仕方ないから夜が明けてから壊そうと思い、少しでも目に入るのがいやでバッグに入れっぱなしにしてあったのだった。

スマホは死んだように黙り込んでいる。もちろん電源は切ってある。真っ黒な画面をのぞき込むと、その奥に亜弥の死に顔——黒目が白く濁った顔が浮かび上がってくる。

「ごめんなさい、許して！」

壁にかけてあったブラウスを放り投げるようにしてスマホを覆い隠した。見たくないものから、そうやって目を背ける。それは郁美の悪い癖だった。

小学生の頃、テストの成績がよくなかった答案用紙を本棚の裏に押し込んでおいたのを母親に見つかってひどく叱られたことがあったし、中学のときにはマラソン大会がいやでいやで、水風呂に入ってわざと風邪を引いてなんとか当日学校を休んだ、などといったことがあった。

もちろんそんな微笑ましい思い出と同列に考えることはできないが、今も郁美は現実から目を背けようとした。それでも静かな部屋にひとりでいると、やはり気になってしまう。

亜弥はあのあと、どうなったのだろう？

ふと思いついて、テレビをつけて朝のワイドショーにチャンネルを合わせる。テレビ画面の中では、大盛り定食が話題の学生向け食堂について放送していた。チャンネルを替えても、掃除の裏技や業務用スーパーの上手な利用法など、大きな事件や話題になる出来事がないときに穴埋め的に放送されるような内容ばかりだ。

確かに女子大生が校舎の屋上から転落死しても、それほど話題にはならないだろう。それが他殺でなければ……。亜弥はタレント活動もしていたが、そういったことが明らかになるには、ある程度の時間がかかるはずだ。

だけど、情報がないと、ますます気になる。

昨日の出来事を誰かに話して相談したい。花音？　早苗？　いや、そんなことはできない。彼女たちとはケンカしたばかりだ。そうでなくても、あんな出来事を無関係の人には話せない。

今のこの気持ち――後悔と罪悪感が入り交じった最悪の感情を共有できるのは、同じ罪を犯した沙紀たちしかいない。ひとりでは支えきれない。郁美は秘密の大きさに押しつぶされそうになってしまう。

身体は重く、頭の中は靄がかかったようになっていたが、郁美は学校へ行く準備を始めた。

12

熱いシャワーを浴びて、郁美は無理やり気持ちをシャンとさせた。そのあと、髪を整えてバッチリ化粧をすると、少し心が落ち着いた。ドレッサーに映った自分の姿を見て、オシャレは鎧のようなものだとしみじみ思った。

だが、朝食は喉を通らなかった。それでも無理して野菜ジュースをコップに半分だけ飲んでから家を出た。

学校に向かう足が重い。昨日、あんなことがあった場所なのだ。禍々しい思いが〝通せんぼ〟するように郁美の前に両手をひろげているが、ひとりで家にいるよりはましだ。

それに、亜弥がどうなったのかも気になっていた。確認しないではいられない。

電車を降りて、大学までの通い慣れた道を歩く。校門の前まで来て郁美は立ち止まった。

ここに着くまでにいろいろ考えた。そして、郁美の気持ちはもう決まっていた。やはり自首するべきだ。沙紀たちを説得してみよう。もちろん自分も罪に問われるだろうが仕方ない。幸いスマホは壊していない。まだ少しは情状酌量の余地があるかもしれない。

ひとつ大きく息を吐いてから門をくぐった。

きっと今頃、学校は大騒ぎになっているはずだ。ひょっとしたらパトカーが何台も駆けつけているかもしれない。そう思っていたが、キャンパスはいつものように平和な様子だった。

小春日和の暖かな陽射しのもと、広場のまわりに設置されたベンチに学生たちが座っておしゃべりや読書に興じていた。

人の死について考えているような暗い顔をしている学生はひとりもいない。

どうしたのだろう？　ひょっとしたら、まだ死体が見つかっていないのだろうか？

取り壊しが決まった旧校舎は立ち入り禁止になっていたし、学校の敷地の一番奥にあったので、あまり学生がそちらに近づくことはない。

しかも、一号棟と二号棟のあいだは昼間でも暗くて、おまけに枯れ葉が降り積もっていた。もしも誰かが近くを通りがかっても、よっぽど注意して見なければ死体には気づかないだろう。まだ見つかっていないという可能性は充分ありそうだ。

亜弥の亡骸があんな寂しい場所に放置されていると思うと、よけいに取り返しが付かないことをしたという罪の意識が強くなっていく。

早くなんとかしてあげたい。かといって、ひとりであの場所に行って亜弥が死んでいることを確認する勇気はない。

とりあえずラウンジに向かったが、まるで自分たちのための特等席だと言わんばかりにいつも占拠している窓際のテーブルに沙紀たちの姿はなかった。

そのとき、ふと思い出した。今日の昼の東邦テレビの番組で、修聖女子大学ミスコンテストについて放送されるという話だった。その撮影が行われる前にミスコンを辞退するように迫るために、昨日、亜弥を屋上に呼び出したのだ。

正午から始まる生番組なので、今頃、恵里奈はテレビ局のスタッフたちと入念に打ち合わせをしているはずだ。沙紀たちも恵里奈のマネージャーのように、ぴったり付き添っているのかもしれない。

とりあえず沙紀たちを捜そうと思ってラウンジをあとにしようとしたとき、いきなり背後から何者かに腕をつかまれた。

ひっ……と息を呑み、郁美の身体が固まった。腕に手が食い込む。すごい力だ。振り返ろうと思うが、錆び付いた機械のように首がまわらない。

すっと背後から身体を寄せてくる。亜弥さん！　郁美の全身に鳥肌が立つ。その直後、耳元で押し殺した声がした。

「やばいかもしれない」

その声は沙紀のものだった。すーっと全身から力が抜けていき、その場にしゃがみ込んでしまいそうになった。そんな郁美の身体をまた強張らせる言葉がつづいた。

「亜弥の死体が消えてたの」

「それって、あ——」

反射的に勢いよく振り返り、亜弥さんが生きていたってことですか？　と問いかけようとした郁美の口を沙紀が慌てて手で塞いだ。

「しっ……」

短く言って周囲に視線を巡らせる。確かに、誰かに聞かれたら困る話だ。

「大きな声を出さないでよ。ここだとなんだから、ちょっとこっちへきて」

沙紀は郁美をラウンジから連れ出し、廊下の端まで行って非常扉を開けた。非常階段の踊り場には温子と優衣が青白い顔をして、まるで亡者のように立ち尽くしていた。一睡もできなかったか、郁美と同じように一晩中悪夢にうなされていたかのどちらかだ。

「あんた、ずいぶんのんびりじゃないの。あんなことがあった次の日だって言うのに」

郁美に気づいた温子が苛々した口調で言った。

「温子さん、ちょっと落ち着いて。郁美さんに当たったってしょうがないでしょ」

沙紀にたしなめられると、温子は腕組みしたまま鼻から息を吐いてそっぽを向いた。

「どういうことなんですか？　亜弥さんの死体が消えたっていうのは？」

郁美のその質問に答えたのは沙紀だった。

沙紀が言うには、亜弥が本当に死んだかどうか気になって、ゆうべはほとんど眠れなかった。もしも生きた状態で発見され、言葉を発することができる状態まで回復したら、すべてを証言されてしまう。「だから……」と沙紀は口ごもったが、もしも息をしているようならとどめを刺すつもりだったのだとわかった。

沙紀は始発電車で登校して旧校舎のところまで行った。夜明けを待ったのは、暗いときにあそこに行く勇気はさすがになかったからだ。

そして、おそるおそる一号棟と二号棟のあいだをのぞき込んだ。朝日が辺りを明るく照らしていても、そこだけは真夜中のように暗かった。いくら目を凝らしても、不思議なことに一メートルほど先しか見えない。

仕方なくスマホのライトをつけて、幅一メートルほどの一号棟と二号棟のあいだに入っていった。膝がガクガク震えてうまく歩けなかった。それでも亜弥が死んでいることを確認する必要があった。

だが、そこに亜弥の死体はなかった。もちろん、生きた状態の亜弥の姿もなかった。ただ、亜弥が横たわっていたところだけ、枯れ葉が人の大きさほどに潰れ、よく見ると、まだ乾ききっていない血液らしきものが赤黒く光っていた——。

「じゃあ、亜弥さんは夜中のうちに発見されて、警察が死体を処理したってことでしょうか？」

郁美の言葉に沙紀は首を横に振った。

「それはないわ」

沙紀はさらにつづけた。沙紀の祖父は修聖女子大学の理事長で、今も一緒に暮らしている。今朝、沙紀が家を出るときにはすでに祖父は起きていて、庭木の手入れをしていた。

もしも夜中に大学でなにか事件や事故があれば、理事長である祖父のもとにすぐに連絡が入るはずだ。あののんびりした様子からは、そんな緊急事態が起こっているとは思えなかった――ということだった。

それに、もしも沙紀が家を出たあとに亜弥が発見されたとしたら、まだ現場検証の警察官たちが大勢残っていたはずだ。それもなかった。

「かといって警備員に訊ねるわけにもいかないし……。そんなことをすれば私たちが亜弥の転落に関わっていると自供するようなものだもの、もしもこのあと事件化されたら真っ先に容疑者として疑われてしまうわ」

「じゃあ、亜弥さんはいったいどこに……？」

郁美はそうつぶやきながらも、今朝うなされながら見た夢の内容を思い出していた。

霊感のある郁美は、子供の頃から正夢を見ることが多かった。まさかそんなことはないはずだと思いながらも、ひょっとしたらあれは夢ではなかったのではないかという気がした。

13

非常階段で立ち尽くしていても、なんの解決にもならない。

「そろそろ本番の時間よ。恵里奈さんを応援しに行かなきゃ」

沙紀の言葉を受けて、とりあえずみんなで中庭に向かうことにした。予定ではその場所から生中継されるということだった。

修聖女子大学のミスコンは、毎年マスコミでも大きく取り上げられていた。恵里奈と亜弥はすでに有名人でもあったので、今年もかなり注目されているらしい。

広場の近くまで来ると、人混みがすごかった。ちょうど生中継が始まったところのようだ。そのギャラリーから少し離れた校舎の入り口への段差の上に立ち、撮影風景を眺めた。

ミスコンの出場者、六人が並び、女子アナウンサーにインタビューを受けていた。もちろんその中に亜弥の姿はなかった。

参加者たちはみんな美しい。女である郁美が見ても胸がときめくほどだ。その中にあっても、恵里奈の存在感は際立っている。まるで映画の主役のヒロインと、役名もない脇役たちのように見える。

晴天の強い陽射しに照らされ、さらにレフ板の光を当てられた恵里奈の姿は神々しいほどだ。

本当ならその横で同じように光を浴びていたはずの亜弥は、暗い闇の中で姿を消してしまった……。それは郁美たちのせいなのだ。

明るい光を浴びて微笑む恵里奈と、暗い闇の中でもがく亜弥。その対比のイメージが、また郁美の罪悪感を刺激する。

インタビュアーをしている女子アナは、三年前のミス修聖女子大学グランプリ受賞者だ。さすがに全身から華やかなオーラを発している。恵里奈以外の出場者たちはみんな、彼女に憧れの視線を向けていた。

女子大なので男子学生の姿はないが、男性の学校職員や教授たちが大勢集まってきていた。学内にこんなに男がいたのかと驚くほどだ。美女たちを見ている彼らの目は、一般女子学生たちの目とはまた違った光を放っている。

「おい、君たち」

背後から声をかけられて、沙紀を始め、郁美たち全員が飛び上がらんばかりの勢いで振り返った。そこにいた男が、その勢いに驚いて身体を仰け反らせた。

「なんだ、神崎さんか」

温子がほっとしたように声をもらし、郁美たちも皆一斉に息を吐いた。

神崎は大学の職員でも教授でもなかったが、ミスコンの運営会社のＣＥＯだったので特別に学内に入ることが許可されていた。

「なんだはないだろ。それより亜弥を見なかったか？」

今度は誰も飛び上がりはしなかった。そんな反応もできないほど驚いたのだ。沙紀がなんとか首を横に振った。

「見てないわ」

「本当か？」

声が微かに震えていたからか、神崎が疑わしげな視線を沙紀に向けた。いやな沈黙。それを吹き払うように沙紀が言う。

「本当よ」

神崎がため息をついた。

「そうか。あいつ、生放送をバックレやがった。今日の取材は大事だって、しつこく言ってあったのに……。電話しても電源を切ってるみたいで出ねえんだよ。ひょっとして朝まで飲んでて、まだ寝てるのかもしれないから、今、スタッフをあいつのマンションまで行かせてるんだけど――」

テレビの取材という大事なイベントにケチをつけられたからか、神崎はかなり腹を立てているようだ。

そのとき、神崎のポケットの中から着信音が聞こえてきた。

「おっ。噂をすればだ」

こちらに背中を向けて神崎がスマホを耳に当てた。

「おう。どうだ？……。なんだよ。……。あいつ、いったいどこに行っちまったんだ。……。わかった。もういいから、すぐに戻って来いよ」

苛ついた口調で言って電話を切り、神崎がまたこちらに顔を向けた。

「亜弥のやつ、マンションにもいないようだ。あいつはやっぱりダメだな。いくら顔がきれいでも、中身がないやつはミス修聖女子にはなれないよ。しかも、その美貌も整形じゃあなあ……。あっ、もう生中継が終わっちまう。もしも亜弥を見かけたら連絡してくれ。頼んだぞ」

一方的に沙紀に言うと、神崎はチラッと郁美に視線を向けた。今の苛ついた態度に対して詫びるように小さく微笑んでみせてから、人の輪を掻き分けて撮影クルーのほうへと走って行った。

しばらく誰も言葉を発しなかった。まるでお通夜の席のように、全員が俯いて立ち尽くしている。

亜弥はいったい、どこへ行ったのか？

そのとき、沙紀がいきなりくるりと背中を向けて歩き始めた。他の女たちが慌ててあとを追う。

「ねえ、沙紀、どこに行くの？」

温子の問いかけを無視して、長い脚を投げ出すようにして沙紀は大股でズンズン歩いて行く。小柄な郁美は小走りになってしまうほどだ。

まわりに誰もいない場所までくると、今度はいきなり足を止めて振り返った。

「郁美さん、スマホはちゃんと処分したんでしょうね」

つんのめるようにして郁美は足を止めた。

「それが……」

郁美が手に持ったバッグに視線を落とすと、そこになにか不浄なものがあるといったふうに、温子と優衣が飛び退くようにして距離を取った。

「ちょっと貸しなさいッ」

沙紀がヒステリックに郁美の手からバッグを奪い取った。

「あっ、待ってください」

止める郁美を無視して、勝手に中に手を突っ込む。沙紀の動きが止まり、顔が強張った。ゆっくりとバッグの中から出した手には、悪趣味なまでにデコレートされた亜弥のスマホが握られていた。

「こんなもの、いつまでも大事に持っててどうするつもりなの?」

「壊そうと思ったんです。でも、できなくて……」

自首しようか迷っていたと言える雰囲気ではない。

「なによ、その言い訳。この中には秘密が詰まってるのよ。あなたなんかに私たちの運命をあずけたのが間違いだったわ。こんなもの、さっさと壊しちゃえばいいのよ!」

そう叫ぶように言うと、沙紀はスマホを自分の足下のコンクリートに力いっぱい叩きつけた。スワロフスキーが飛び散った。スマホは反動で跳ね上がり、まるで断末魔の苦しみにのたうちまわるように数回裏表になりながら転がり、やがて女たちの中央で止まった。

真っ黒な画面全体に細かなヒビが入っている。データも壊れただろうか?

なぜだか沙紀たちが不思議そうにスマホをのぞき込んだ。その理由が少し遅れて郁美にもわかった。ひび割れた画面の中から、白い綿のようなものがのぞいているのだ。と思ったときには、それが量を増して一気に溢れ出てきた。

「な、なんなのよ、これ？」

沙紀が腹立たしげに叫んだ。同時に女たちが一歩、二歩と、よろけるようにして後ろに下がった。

綿のように見えたのは、小さな蜘蛛の子供だ。それはスマホのヒビのあいだから次々に湧き出してきて、四方八方にひろがっていく。

「いや！」

温子が叫び、とっさに足踏みするようにして蜘蛛の子を踏みつぶす。

「あなたたちも殺すのよ！」

沙紀が言い、その忌まわしい現象を認めたくないといったふうに、蜘蛛の子を踏みつぶし始めた。

それに優衣も泣きそうな顔をしながら従う。そして、郁美も……。四人は狂ったように蜘蛛を踏みつぶしつづけた。

いつしかスマホから湧き出す蜘蛛の子は消え、足下は踏みつぶされた蜘蛛の死骸だらけになった。

「今のはなんだったの？」

はあはあと荒い呼吸をしながら、沙紀がひとりごとのように言った。特に答えを求めていたわけではなかったようだが、優衣が反応した。

「やっぱり亜弥さんは死んだんだわ。その呪いが蜘蛛の子になって現れたのよ」

沙紀が言下に否定する。

「バカなことを言わないでよッ。そんなことがあるわけないでしょ」

自分の見たものを認めたくないのだろう、温子もそれに加勢した。

「そうよ。昨夜、旧校舎のあいだに落ちたときに、蜘蛛が卵を産みつけたのよ。そうに違いないわ」

「本当にそうかしら」

そう言ったのは、またもや優衣だった。いつも浮かべているやわらかい笑みは消え、のっぺりとした顔でつづける。

「亜弥さんは昨夜、確かに死んだはずなのに、死体はない。じゃあ、一度死んで生き返ったと考えるのが妥当じゃないかな。でもそれって、もう人間じゃないわよね。そんな化け物なら、スマホから蜘蛛の子供を湧き出させることもできるんじゃないかしら」

「なに言ってんだかわかんないわ。優衣さんは蜘蛛の子に驚いて、どうかしちゃったんじゃないの？」

沙紀がヒステリックな甲高い声で言い、それを温子が引き継ぐ。

「だから言ってるでしょ。スマホの中に蜘蛛が卵を産みつけたのよ。それが今、画面が割れて出口ができたから、一気に外に出てきただけよ」

そんなことがあるわけないと温子本人もわかっているはずだ。もちろん郁美も。だがそれを指摘することはできなかった。そう考えたかったからだ。

優衣はまだ少し不満そうにしながらも、もうそれ以上なにかを言うことはなかった。

「これ、私が処分するわ。もう郁美さんには任せてられないもの」

そう言うと沙紀は、まだなにかがスマホの中から姿を現すのではないかと警戒するようにハンカチを被せて、直接手を触れないように気をつけながら拾い上げた。

「あら、みなさん、どうかしたの？　こんな寂しいところで集まったりして」

郁美たちは、恵里奈の声で弾かれたように振り返った。沙紀はハンカチで包んだスマホを慌ててバッグの中にしまった。

「え……恵里奈さん、こんにちは」

沙紀がなんとか挨拶を絞り出し、温子たちもそれに倣った。

「ラウンジをのぞいてみたら誰もいなかったから、もう授業に行っちゃったのかと思ったのに、近くを通りがかったらこんなところで集まってるのが見えたの。で、なんの話をしてたの？」

なにも知らない恵里奈は、大きな瞳をクリクリさせながら訊ねる。ひょっとしてなにか楽しいイベントの打ち合わせをしていたのではないかと思っているようだ。

「なんでもないの。たまたますぐそこで郁美さんとばったり会ったから、他の人の邪魔にならない場所でと思って、ここで授業の情報交換をしてただけよ。ほら、一年生の郁美さんは今、文学概論を履修しているから、去年の試験にどんな問題が出たか教えてあげてたの。それよりテレビの取材はどうだった？　私たち、応援しに行こうと思ったんだけど、まわりの野次馬がすごくて近くまでいけなくて……」

沙紀がなんとか話を逸らした。

「生放送は無事に終わったわよ。リハはすっごく時間をかけるのに、始まったら一瞬なの。あっけなかったわ。だけど、亜弥さんが来なかったのよ。どうしちゃったのかしら？」

恵里奈の言葉に、全員がピクンと身体を震わせた。誰もなにも言わない。沙紀が代表して返事をした。

「そういえば、さっき神崎さんが捜してたわ。亜弥さん、本当にどうしちゃったのかな？」

「あの人、ああ見えてすごく責任感が強いから、生放送をすっぽかすなんて考えられないのよね。なにかあったんじゃないかって、みんな心配してたのよ。あっ、私、次の授業に行かなきゃ。松下《まつした》教授は遅刻にうるさいから。みなさんも急いだほうがいいわよ」

「あっ、待って。私たちも行くわ」

沙紀たちは全員、恵里奈と同じ授業を履修していた。それは恵里奈と少しでも一緒にいたいためだ。ただ学年が違う郁美だけは、その授業を履修していない。

「郁美さんも文学概論の試験、頑張ってね」

恵里奈が笑顔で小さく手を振った。それにお辞儀で返事をした。

恵里奈たちが行ってしまうと、あとには郁美だけがポツンと残された。足下には踏みつぶされた大量の蜘蛛の子たち。

そういえば、恵里奈はこの大量の蜘蛛の死骸についてなにも訊ねなかった。ただ気づかなかっただけなのだろうか？　ふとそんなことを思ったが、いつまでも気にしている余裕はなかった。蜘蛛の死骸がまたもぞもぞと動き出しそうな気がして、郁美も慌ててその場を立ち去った。

14

「この辺りはなんだか気味が悪いんだよな」

警備員の東田哲也《ひがしだてつや》は不満げにつぶやいた。

年明けに取り壊し予定で立ち入り禁止にされている旧校舎のほうで、昨日、学生が騒いでいたという苦情が来たために、なにかイタズラをされていないか確認しに来たのだった。

「大学生っていえば、もう子供じゃないんだから、立ち入り禁止の場所で騒いだりすんなよな。こっちの仕事が増えちまうんだよ。ったく……」

ついつい文句が口をついて出てしまうのは、この辺りに漂う不気味な雰囲気が原因だ。ひとりではあまり足を踏み入れたくない場所なのだ。

もともと無人の校舎というのは気味の悪いもので、おまけに何十年も使われてきた古ぼけた校舎は肝試しにぴったりの佇まいだ。

八十年ほど前に建てられた古い校舎――一号棟と二号棟は、長年雨風に晒されて廃墟に近い外観で、まるで魔物が棲み着いた洋館のような雰囲気なのだ。

おまけに樹木の枝が伸び放題で昼間でも薄暗くてかなり不気味なのに、日が暮れかけているこんな時間だとなおさらだ。

どうせならもっと早く言ってくれればいいものを、学校の職員がついさっき、校内の巡回をしていた東田を見かけて「そうそう、そういえば、昨日の夕方に取り壊し予定の旧校舎のほうで女子学生たちが騒いでいる声が聞こえたということなんですけど」と言ってきたのだった。

「なにが、『そうそう、そういえば』だよ。それなら朝の巡回のときにでも言えよ。まったくよお。こんな薄暗くなってから言うんじゃねえよ。だいたいあの比良山《ひらやま》って職員は、俺のことを契約社員だからって軽く見てるんじゃねえか。それに最近、双子の子供が生まれたとか言って有頂天になってやがる。俺にまで写真を見せて親バカぶりを発揮してたからな。しかも子供は女の子と男の子で、娘のほうの溺愛ぶりは、ちょっと異常だ。このまま成長したら、冷たく当たっていた息子のほうに、いつか殺されるんじゃねえか？　まあ、俺には関係ないことだけどな。どうせ俺は、女房にも愛想をつかされて、今じゃ孤独な独居中年だからよお」

旧校舎のまわりをぐるりと歩きながら、際限なく愚痴がこぼれてしまう。

ふと東田は足を止め、一号棟と二号棟のあいだをのぞき込んだ。かなり隣接して建っていて、その間隔は一メートルほどだ。当然、日は当たらなくて昼間でも暗い。しかも、日が暮れかけたこの時間だと、真っ暗闇と言ってもいいぐらいだ。足を踏み入れるのには、ちょっと勇気がいる。

「ここはいいだろう」

一号棟も二号棟も、建物のそちら側には窓も出入り口もない。ただのっぺりとした壁があるだけだ。あえて確認する必要はない。

そう勝手に判断して、東田はまた歩き始めた。

修聖女子大学と契約している警備会社に勤める東田は、現在五十七歳。大学卒業後からずっと勤めていた会社が四年前に倒産して、それ以降、警備員として働いていた。

あちこちの現場にまわされたが、現在の職場、修聖女子大学の担当にされてすでに一年になる。ここの担当に決まったときは、ひょっとしたら可愛い女子大生と仲良くなれるかもしれないと期待したが、現実は厳しい。

名門私立大学である修聖女子大学に通うような学生はみんな、自分はそれなりに恵まれた人生が歩めると思っているのか、社会で一度失敗している東田のような男には見向きもしない。それどころか蔑みの視線を送ってくるぐらいだ。

「おまえらだって、どうせたいした人生は送れないんだぞ。今のうちだけ、いい気になってりゃいいさ」

不安な気持ちをごまかすように、さらに悪態がつづく。

特に修聖女子大学の学生は都会的でオシャレな女が多いことで有名だ。中には大人しい感じの女子大生もいるが、モデルのバイトなどをしているような華やかな女子大生を見慣れていると、そういう地味系の女は物足りなく感じてしまう。

特に今は学祭でのミスコンが話題になっていて、ネット投票なども行われている。今日の昼も、中庭でミスコン出場者たちにインタビューをするテレビ番組の撮影をしていた。東田は警備員という肩書きを利用して、それをかなり近くから見ることができた。

そのこともあって、さっきも警備員室でスマホで出場者をチェックしていた。優勝候補と対抗馬のふたりともすごい美人で、自分の年齢のことなど忘れて、東田はそのなりゆきに注目していた。

「俺はやっぱり結城恵里奈って娘《こ》がいいかな。あの気品は最近の女子大生にはないものだからな」

怖さをごまかすために、東田はわざとミスコンのことを考えようとしていた。だがそれも無駄な抵抗だ。東田は一号棟の正面で、ふと足を止めた。鉄製の扉のひとつが壊されていた。ドアノブが外されているのだ。全身がぞわっと総毛立つ。

「おいおい、なんだよ。俺の仕事を増やすなよ」

ぽっかり空いた穴に指をかけて引くと、蝶番が耳障りな音をたてて扉が開いた。

どうやらここから中に入り込んで悪さをしている学生がいるらしい。

本当なら中も確認しなければいけないが、校舎を一周するあいだに、もうすっかり日が暮れてしまっていた。腰につけていた懐中電灯で校舎の中を照らしてみたが、なかなかひとりで足を踏み入れようという気にはならない。

こんなに真っ暗だと、さすがに中には誰もいないだろう。

それに扉を塞ぐのは自分の仕事ではない。解体業者がやるべきことだ。とりあえず扉が壊されていたのを報告しとけばいいだろう。中には誰もいなかったということにして、このまま警備員室に戻ろう。

そう思って扉を閉めようとしたとき、校舎の中から物音が聞こえた。

「ん？　誰かいるのか？」

中に学生が隠れているのかもしれない。声をかけてみたが、返事はない。それでも耳を澄ますと、なにかが聞こえる。いや、人間の――女の呻き声のようだ。

まさか、この場所が暴行事件の現場になっていたのではないか？　昨日、騒いでいた声というのはひょっとして……。その被害者がまだこの校舎内にいる？

このまま確認しないで戻るわけにはいかない。東田は懐中電灯で暗闇を照らしながら、校舎の中に足を踏み入れた。

かび臭い廊下を進み、立ち止まり、耳を澄ます。確かに呻き声が聞こえる。その声に導かれるようにして、東田はどんどん奥へ入っていった。

教室のひとつの扉の前で足を止めた。もう一度、耳を澄ます。呻き声はその中から聞こえる。

もしかしたら、まだ犯人も中に身をひそめているかもしれない。応援を呼びにいったほうがいいだろうか？　そう思いながらも、なにかに導かれるように東田は扉に手をかけて、それを横に引き開けた。

建て付けが悪くなっているのか、扉は重い。開けるな、このまま帰れ、と誰かに忠告されているように感じた。

でも、もしもここで〝被害者〟を救出すれば、俺はヒーローになれる。失敗つづきの人生で、小娘たちにバカにされる日々から脱却できるかもしれないのだ。

そんな思いが、東田に扉を開けさせた。

「うっ……」

思わず顔をしかめた。微かな腐敗臭が教室内に漂っていた。まさか……。最悪の事態を想像したが、それならさっきの呻き声はなんだ？　大丈夫、まだ生きている。助け出して人生を変えるんだ。

「おい、大丈夫か？　俺は警備員だ。安心しろ」

懐中電灯の光を左から右へ移動させて教室内を照らしてみた。丸い光が闇を切り裂く。光が照らし出すのは埃を被った机や椅子ばかりだが、教室全体がキラキラと反射する。

「な、なんだこれは？」

よく見ると、それは蜘蛛の巣だ。誰も使わなくなった教室には蜘蛛の巣が張り巡らされていた。それが懐中電灯の光を反射しているのだ。

カタンと音がした。

「ひぃっ……」

思わず悲鳴を上げてしまった。そのことが恥ずかしくて、もう一度、今度は語気を強めて言った。

「いるんだろ？　助けてあげるから、隠れてないで出てきなさい！」

再び懐中電灯の光が闇を丸く切り裂く。

「に……い……く……し……」

女の声が聞こえた。とっさにそちらに光を向けた。カリカリと音がしている。なんの音だ？　そう考えた東田の頭の中に、ひとつのイメージが浮かんだ。爪で床を引っ搔いている音だ。

小教室なので、そこは中学や高校の教室と同じような感じだ。四十台ほどの机が並び、一段高くなった教壇の上に教卓がある。声と音はその教卓のほうから聞こえてくる。

「憎い……。悔しい……。憎い……。悔しい……」

今でははっきりと言葉が聞き取れる。女は恨みの言葉を繰り返している。相当ひどい目に遭わされたのだろう。

「大丈夫だ。もう心配はいらない。君にひどいことをしたやつは、ここにはもういないから安心しろ。さあ、今助けてあげるからね」

相手を刺激しないように優しく声をかけ、蜘蛛の巣を手で払いのけながら、東田はゆっくりと教卓へ近づいていく。

すぐ近くまできて光を向けると、白い服が見えた。うずくまっている背中のようだ。そのとき、いきなり女は悲鳴を上げた。まるで獣が焼き印を押されたかのような苦しげな悲鳴だ。

と同時に女は勢いよくこちらを振り向いた。一瞬だけ懐中電灯の光が女の顔を照らした。再び、今度はさっきよりもさらに激烈な悲鳴を上げた。と、その瞬間、教卓が突風に巻き上げられたように東田のほうへ飛んできた。

手から懐中電灯を叩き落とし、そのまま教卓は窓に激突してガラスを突き破り、外から打ち付けられてあったベニヤ板を粉砕した。

懐中電灯を弾き飛ばされた衝撃で、東田は床の上に倒れ込んだ。激痛が右手を襲う。割れた窓から微かに外の光が差し込んでくる。右手が血まみれになっているのがわかった。おそらく手の骨が粉々になっている。

だが、その痛みよりも、もっと大きな恐怖が東田の意識を支配していた。さっき懐中電灯の光の中に浮き上がった女の姿……。それが強烈な光の残像として目に焼きついていた。

血まみれになった顔。その血はすでに乾いているようだったが、髪は乱れ、顔色は蒼白を通り越して紫色がかって見えた。まるで死体のようだ。

警備員を始めたばかりの頃、勤務先のビルの裏でホームレスが死んでいたことがあった。東田が発見したときにはすでに死後数日が過ぎていたが、その死体と同じ印象を持った。

ただ、今の女は生きている。悲鳴を上げたではないか。でも、机……。悲鳴と同時に机がこちらに向かって飛んできた。女の力で投げつけることができるとは思えない。いったいどういう仕掛けなのか？　なにかの偶然なのだろうか？

外から差し込んでくる弱々しい光の力を借りて、女の姿を微かに判別することができた。女が着ている、もとは白かったと思える服は血と泥で汚れていた。髪が固まってしまっているのは、大量の血が流れ出てそれが乾いたからだと思えた。

「憎い……。悔しい……」

教室の隅にうずくまり、女はそう繰り返している。こんなひどい目に遭わされたのだから、やった人間を憎く思うのも当然だ。

「救急車……。いや、警察に電話だ」

携帯電話を取り出そうとしたが、右手が折れてしまっているのでポケットから出すことができない。それなら彼女を助け出すのが先だ。

そう思った東田は激痛に耐えながら、なんとか立ち上がって女に歩み寄った。

「さあ、医務室へ行こう。そこで救急車も呼んであげるよ」

そう言って肩に左手を置いた。その瞬間、全身に鳥肌が立つような、おぞましい感覚が身体を駆け抜けた。触ってはいけないものに触れてしまった感覚……。

服の上からだったが、女の身体は恐ろしく冷たかった。昨夜からずっとこんな廃校舎の中にいたからかと思ったが、それにしても体温がまったく感じられない。

本能的に東田は手を離して後ろに飛び退いた。

女がゆっくりと立ち上がり、こちらを向いた。やはり凍死したホームレスの肌を連想させる。それだけではない。女の姿は、およそ普通の人間とは違っていた。

「あたし……、いったいどうなっちゃったの？」

女はそうつぶやいて、血と泥に汚れた自分の手を見つめた。

この状況に戸惑っているのは東田だけではないようだ。女も同じように、いや東田以上に戸惑っているのが伝わってくる。

「これはあたしの身体？　あたしは生きてるの？　ああ、わき上がるこの憎しみはなに？　ああ……憎い……悔しい……」

まるでそこに東田などいないかのように、女はひとりでつぶやいている。

そのとき、東田は女の顔に見覚えがあることに気づいた。

「あ……あんた……。確か……水谷亜弥……。ミスコンの……」

その瞬間、教室の中に風が吹き荒れた。それまで整然と並んでいた机と椅子が、竜巻に巻き上げられたように教室内を飛びまわり始めた。ビュービューと風を切る音をさせながら教室内を舞う。

「や、やめてくれ。俺は関係ない。許してくれ！」

東田は床の上に伏せて頭を両手で庇いながら、亜弥の様子をうかがい見た。

亜弥が息を吐いた。と同時に宙を舞っていた机や椅子が、本来そうであるべき重力を取り戻して床に落ちて転がった。

自分の両手を見つめ、悲しげにつぶやく。

「なんなの？　ねえ、あたしはいったいどうなったの？」

亜弥はつぶやきながら、静まりかえった教室の中をゾッとするような動きで、不規則な足音をたてながら東田のほうへと歩いてくる。

「……憎い……憎くてたまらない……。ああ……いったいあたしは……。あたしは……」

亜弥はまたさっきと同じように自問を繰り返した。そして東田に視線を向けた。

「ひっ」と声をもらして、東田は座ったまま後ろにずり下がるようにして逃げる。その恐れおののく様子に亜弥が反応した。

「そんな目で見ないで。あたし、きれいでしょ？」

返事をしようと思っても、身体中、顎も含めてガタガタ震えて声が出ない。それでもなんとか絞り出した言葉は、東田が意図したものではなかった。

「ば……化け物……」

亜弥の目がカッと見開かれた。

「違う！　あたしは化け物なんかじゃない。憎い……。許せない……。悔しい……。憎い……」

亜弥が顔を近づけてくる。乱れた髪の下からのぞく大きな瞳。それは黒目が白く濁っていた。生きている人間の目ではない。

東田は悲鳴を上げて両腕で自分の身体を抱きしめた。その手に力がこもる。肩口に指が食い込む。指が肉を突き破り、腕に食い込んでいく。ギシギシと骨が鳴る。と思うと、今度は身体が前屈みになっていき、曲げた膝のあいだに頭が潜り込む。それはもちろん東田の意思ではない。

「うっぐぐ……」

東田の口からもれるのは呻き声ではない。それは膝が胸に食い込み、肺の中の空気が押し出される音だ。そして、まず指の骨が折れ、次に腕の骨が折れ、さらには背骨が折れ、そして頭蓋骨が潰れ……。それでもまだ東田の身体は小さくなりつづけ、やがてひとつの肉団子になってしまった。

もう呼吸をしなくなった東田の残骸のすぐ横で、女のつぶやき声が繰り返される。

「あたしはいったいどうなったの？　あたしはなんなの？　……そうだ。あいつらを殺さなきゃ」

15

その部屋はタワーマンションの四十六階にあった。

麻丘郁美は一階のエントランスでインターフォンを押してオートロックを解除してもらい、エレベーターに乗って四十六階まで上った。

気圧が低くなったのか、少し呼吸が苦しい。もちろんその程度で気圧が変わるわけはない。普段の生活ではまったく縁のない空間だ。場違いな思いが、呼吸を苦しくしているようだ。いや、それだけでもない。

絨毯を敷かれた高級ホテルのもののような廊下を進み、「4601」とプレートが掲げられている部屋のインターフォンを押した。

返事はない。さっき一階でインターフォンを押したときに、鍵は開けておくから勝手に入ってくれと言われていたので、ドアのレバーを引くと、カチッと硬い音がして簡単に開いた。

玄関ホールは広々としていて、そこだけで郁美が暮らすワンルームのアパートぐらいの広さがあった。

「神崎さん、麻丘です」

玄関から廊下の奥に向かって声をかけたが、返事はない。

だが、部屋の中にいるはずだ。それに勝手に入れと言われていた。なにか手が離せないことがあるのかもしれない。仕方ない。勝手に上がらせてもらおう。

「失礼しまーす」

靴を脱ぎ、そこに置かれていたスリッパを履いて廊下を進んだ。ドアを開けると、リビングなのだろうか、かなりの広さの部屋だ。壁際にはまるでミニシアターのような大きなモニターが設置され、その前に黒い革張りのソファーが置かれている。その反対側は一面が大きな窓になっていて東京都内が一望できる。

そして、部屋の奥には写真スタジオのような設備があった。読者モデルのバイトをしていたので、少しは馴染みがある。床と壁の繋ぎ目が目立たないようにロールスクリーンのようなものがなだらかに敷かれ、左右には雨傘の中にストロボを取り付けたような大きなライトが数個並んでいる。

神崎の部屋にそういう設備があることが意外だったが、それよりも郁美を驚かせたのは、部屋の中央に置かれている、ドラキュラ映画に出てきそうな西洋風の棺桶だった。

どうしてこんなものが……と訝しみながら見つめていると、ドン！　と内側から蓋が押し上げられた。

「ひっ……」

思わず息を呑んで、郁美は一歩後ろに下がった。鼓動が速くなり、胸が苦しくなる。手を胸に当て、郁美は棺桶をじっと見つめた。

そんな郁美の反応を面白がるように、ドン！　ドン！　ドン！　と断続的に数回内側から蓋が押し上げられ、その何回目かで、ずるりと滑り落ちるようにして蓋が開いた。

そのあとは、なんの音も動きもない。

「なに……？　なんなの……？」

郁美の頭の中に浮かんだのは亜弥の顔だった。あの日から、一時たりも頭から離れない。黒目が白く濁った目でじっと見つめてくる亜弥の顔……。ひょっとして亜弥が棺桶の中にいるのではないか？　いや、そんなわけがない。

頭を混乱させたまま郁美はおそるおそる棺桶に近づいて、少し離れた場所からその中をのぞき込んだ。

内側には血のように赤い布が張られていて、そこに神崎が両手を胸の上で組んで横たわっていた。全身の力が抜けていく。

「神崎さん……。冗談はやめてくださいよ。びっくりするじゃないですか」

ほっと息を吐いてそう声をかけたが、神崎はピクリとも動かない。よく見ると、顔色が青白く、呼吸をしていないようだ。

「えっ？　神崎さん！　神崎さん、大丈夫ですか？」

郁美はその場に膝をつき、棺の縁を握って神崎の顔をのぞき込んだ。そのとき、神崎の両目がパチッと音がしそうなほど勢いよく開き、つづいて上体がむくりと起き上がった。と同時に猛烈な勢いで息を吸い込み、また吐き出した。ぜえぜえと喘ぐ。

「ああ、苦しかった」

そう言って神崎が笑った。ただ呼吸を止めていただけだ。それはもちろん郁美を驚かせるために。そのことに気づいた郁美は安堵するとともに、怒りの感情が込み上げてきた。

「びっくりさせないでくださいッ」

郁美はすっくと立ち上がり、棺桶に背を向けた。亜弥のことがあってナーバスになっていたところに悪質なイタズラを仕掛けられ、自分でも驚くほど腹が立ってしまった。

その反応に戸惑った神崎が棺桶から飛び出し、郁美の前にまわり込んで眉を八の字にして謝る。

「ごめんよ、郁美ちゃん。ちょっと驚かそうと思っただけなんだよ」

普段は自信たっぷりな神崎の慌てた様子に、郁美はいつまでも怒っているわけにはいかなかった。

「私こそ、すみません。ほんとに驚いたもんだから……」

郁美の機嫌が直ったことを察した神崎は、すぐにまたいつもの調子に戻って、自慢げに話し始めた。

「この棺桶はルーマニアから取り寄せたんだ。今度、六本木《ろっぽんぎ》にレストランを出すことになってさ。その店のコンセプトが吸血鬼なんだよ。血の滴るようなステーキに、血そのもののような赤ワインをメインメニューにするんだ。その店の中央にインテリアとして、この棺桶を飾ろうと思っててさ」

神崎はまだ二十代だ。それなのに、もう実業家として活躍している。そのことがやはり恰好良く思えてしまう。でも、神崎は恵里奈の恋人だ。惹かれていく気持ちをごまかすように郁美は訊ねた。

「ところで、私に話ってなんですか？　それに恵里奈さんはまだいらしてないんですか？」

「ああ、そうだった。恵里奈はちょっと都合が悪くなったって、さっき連絡があったんだ」

「え？　恵里奈さんは来ないんですか？」

恵里奈が一緒だと思ったから、神崎の部屋を訪ねてきたのだ。ふたりっきりだと緊張がさらに高まる。

「で、郁美ちゃんに話っていうのは……。そうだな、立ち話もなんだから、そこに座って話そう」

神崎に勧められるまま、郁美はソファーに座った。いったん隣の部屋に消えた神崎が、ワインのボトルとグラスをふたつ持ってすぐに戻ってきた。

「これ、さっき話した血そのもののような赤ワイン。これもルーマニアから輸入したんだ。『ドラキュラの血』って名前がつけられてるんだよ」

ソファーに向かい合って座ると、神崎はふたつのグラスにワインを注いだ。確かに普通の赤ワインよりも色が濃く、まるで血のように赤黒い。

それを見た郁美の意識の中に、亜弥の後頭部から流れ出た血の色が思い出された。喉が狭まり、胃が迫り上がってくるような感覚があった。

「どうした？　なんだか急に顔色が悪くなってきたよ」

神崎が心配そうに言った。

「あっ、いえ、なんでもないです。ちょっと貧血気味で」

亜弥のことを話すわけにはいかない。郁美は必死にごまかして無理やり笑みを浮かべた。

「そうか。じゃあ、ワインを飲めば血の巡りがよくなるよ。特にこれはドラキュラの血だから、貧血には効果があるんじゃないかな」

「でも私……、まだ未成年なので、お酒は……」

「いいって。俺は気にしないから。それにワインはお酒っていうより、食事の一環だから。それに郁美ちゃんにこのワインの味見をしてもらいたいんだ。若い女性の口に合うかどうか確認したくてね。郁美ちゃんの意見によっては、これを店で出すかどうするか考え直そうかと思ってるぐらいでさ」

ワインは家族で食事をするときに父親のを少し飲ませてもらったことがあった。もちろん味見程度だったが、それでもしばらく頭がぼんやりしていたのを覚えている。酒に弱い体質なのかもしれない。でも、こうやって頼まれたら断れない。それに神崎の力になれるなら……。

「じゃあ、一口だけ」

「お、いいね。では、乾杯」

グラスをチンとぶつけ合った。楽しそうに微笑みながら、神崎が一口飲んでみせる。

「ああ、やっぱりうまいや。これは血の味だな、って俺はドラキュラかっていうの」

神崎は子供のようにはしゃいでみせる。そんな様子を見ながら、郁美はワインを一口飲んだ。神崎が身を乗り出すようにして、じっと見つめる。顔が熱くなってきた。

それはアルコールのせいだけではない。

「少し渋味があるけど、とってもおいしいです」

ワインの味などわからないが、それっぽい感想を口にした。

「そうか。よかった。実はもう大量に発注しちゃってたんだ。もしも『おいしくない』って言われたらどうしようかって心配してたんだよ」

神崎はソファーの背もたれに身体をあずけて安堵の表情を浮かべた。

そして、不意に表情を変えた。それまでの子供っぽい楽しげな表情から、苦悩に満ちた大人の表情へ。

もう一度、ソファーの上で身を乗り出すようにして神崎が言った。

「実は郁美ちゃんに、もうひとつ頼みがあるんだ」

「……もうひとつ？」

「うん。郁美ちゃんも知ってるだろ？　水谷亜弥が失踪したんだよ」

亜弥の名前が神崎の口から出た瞬間、郁美は心臓がぎゅっと締めつけられるような苦しさを感じた。

亜弥が姿を消してから、丸二日が過ぎていた。そのあいだ、亜弥の姿を見た者はいないし、もちろん死体も見つかっていない。

神崎はさらにつづける。

「テレビの生放送をバックレたせいで、もう情報が知れ渡っちゃってさ。まあ、あんな秘密を暴露されたら、それも無理はないかなと思うけどさ」

神崎は沙紀たちがしたことを知らない。整形していたことを暴露されたために亜弥は失踪したと思っているようだ。

どう応えていいかわからない。郁美が黙っていると神崎はつづけた。

「亜弥がいなくなったら、恵里奈の独走状態でミスコンが盛り上がらないんだよ。本番まであと一週間だっていうのに、サイトへのアクセス数も急激に減っててさ。それで運営委員会で話し合ったところ、急遽もうひとり参加者を増やそうってことになったんだ」

「……そうですか。仕方ないかもしれませんね」

亜弥の無念さが郁美に重くのしかかってくる。罪の意識を感じ、今すぐにでもあの日のことを告白したいが、できない。その前に、郁美は神崎から意外な提案をされた。

「やっぱり郁美ちゃんもそう思うよね。そこで郁美ちゃんに出てほしいんだ」

「出るって、なににですか？」

「ミスコンだよ。修聖女子大学ミスコンテスト」

「なっ……なにを言うんですか。私なんか無理ですよ。からかわないでください」

郁美は思わず笑ってしまった。だが、逆に神崎の顔はより真剣になった。

「冗談で言ってるんじゃないよ。亜弥がいなくなった穴を誰かが埋めてくれないと、今年の修聖女子大学ミスコンテストは大失敗に終わっちゃうよ。そしたら俺は莫大な借金を背負うことになるかもしれないんだ。な、俺を助けると思って出場してくれないか？」

素早くソファーの隣に移動してきて、今にもすがりつきそうな様子で神崎が言う。

神崎の弱々しい表情に、郁美の母性本能が騒いだ。それに亜弥が出場できなくなったことの責任は郁美にもあるのだ。

でも、もしもこのことを亜弥が知ったら、いったいどう思うか？　絶対に許してはくれないだろう。といっても亜弥はもう死んだのだ。いや、本当に死んだのだろうか？　では死体はどこに……？　いろんな思いが頭の中に渦巻き、郁美は混乱していく。

と、そのとき、ぐらりと世界が揺れた。前のめりにソファーから崩れ落ちそうになったのを、神崎が素早く抱きとめてくれた。

「郁美ちゃん、大丈夫か？」

気を失いかけていたのだと気がついた。

「だ……大丈夫です」

なんとかそう答えながらも、郁美は急激に酔いがまわってくるのを感じた。

さっきのワインが効いてきたみたいだ。もともと酒には弱い体質のようだから気をつけないといけないと意識していたが、それにしてもこんなになってしまうとは……。ここのところ、あまり眠れていなかったせいもあるかもしれない。

しかも、神崎に醜態を見せてしまった……。

それでも、頭の芯が痺れる感覚は、決して不快なものではなかった。神崎に支えられながら、郁美は言った。

「だけど私なんて背だって小さいし」

呂律がまわっていない。でも、神崎はそんな郁美にあくまでも優しい。

「なにもミスワールドを選ぶコンテストじゃないんだ。大学のミスコンは、可愛いってことが大前提なんだ。あんまり背の高い女はちょっと近寄りがたくて敬遠される傾向があるんだ。郁美ちゃんぐらいの背の高さが、俺は好きだな。ほら、抱きしめたときに、ちょうどいい」

そう言うと、自分の言葉が正しいことを証明しようとするかのように、神崎はいきなり郁美をきつく抱きしめた。

「えっ……」

とっさのことで固まってしまった。

相手は恵里奈の恋人なのだ。こんなことをしてはいけない。そう思いながらも、神崎の腕の中は心地よくて、郁美はいつしかうっとりと目を閉じてしまう。

そのとき、抱き合ったふたりの身体のあいだで電子音が響き始めた。神崎の胸が細かく振動している。

「ちッ……。なんだよ、こんなときに」

忌々しげに言って神崎は郁美の身体をソファーの背もたれに寄りかからせ、ジャケットの内ポケットからスマホを出した。ディスプレイ画面で相手を確認すると、郁美に背中を向けて、ひとつ咳払いしてからスマホを耳に当てた。

「おう、どうした？」

相手の声が微かに聞こえる。女性のようだ。恵里奈だろうか？　神崎は小声でスマホに向かってなにかしゃべっている。

そのとき、今度は郁美のバッグの中から音楽が聞こえてきた。物悲しいメロディ。恵里奈が「郁美さんによく似合ってるわ」と言った『禁じられた遊び』という古い映画のテーマ曲、『愛のロマンス』だ。

よろけながらバッグに手を伸ばし、中からスマホを取り出した。画面に出ているのは母親の名前だ。こんなときに……。あとで掛け直せばいい。どうせたいした用事じゃないはずだ。酔っているせいか少し手間取りながらも、郁美はなんとか電源を切った。

そうしているあいだにも、ますます酔いがひどくなっていく。いくらなんでも、こんなに急に酔いがまわるものだろうか？　味見程度にワインを飲んだことしかない郁美にはわからない。

ソファーに腰掛けたまま前屈みになって、手で目の辺りを押さえた。気がつくと、部屋の中が静まりかえっていた。ゆっくりと顔を上げたら、目の前に神崎が立っていた。

「今の電話、恵里奈さんからですか？」

ぐらぐらと身体を揺らしながら郁美は訊ねた。

「あ、うん……。でもいいんだ。気にすることはない」

「私、そろそろ帰ります」

立ち上がろうとしたが、身体に力が入らない。よろけた郁美を、もう一度、神崎が抱きしめた。

「好きなんだ。郁美ちゃん、俺、郁美ちゃんを好きになっちゃったんだ。だから、郁美ちゃんをミス修聖女子にしてやる。それをきっかけにして芸能界に入れるかもしれない。どうだ？　そんなド派手な人生を歩んでみたいと思わないか？　俺に任せとけよ。なあ、いいだろ？」

神崎の言葉はまるで禍々しい呪文だ。そんなことがあるわけがないと思いながらも、郁美の心は揺れる。

でも、今の大学生活も半年前なら夢に見るのもおこがましい未来だった。それなら、これから先にどんな未来があるかもわからない。やる前からダメだと決めつけていたら、なにもできない。

意識が朦朧としたまま、郁美は神崎の肩に頭をそっと寄りかからせた。

「よし、決まった。今日から郁美ちゃんは俺の女だ」

その声を耳元で聞いた郁美の意識はぐにゃりと歪み、やわらかな闇の中へ落ちていった。

16

二限目の授業に合わせて登校した郁美は、いつもの習慣でラウンジに向かおうとして思い直し、校舎のほうへ歩き始めた。だが、タイミング悪く、そちらのほうから歩いてきた沙紀とばったり出くわしてしまった。

すでに目は合っていたし、逃げるわけにもいかない。

「おはようございます」

思い切って自分から挨拶したが、いきなり沙紀の平手打ちが飛んできた。破裂音がして頬が熱くなった。驚いて手で頬を押さえながら顔を向けると、沙紀が整った顔を歪めて睨みつけてくる。

「郁美さん、これはいったいどういうつもりなの？」

沙紀はスマホを取り出して素早く操作し、画面を郁美に向かって突き出した。

そこには郁美の顔写真が表示されていた。昨日、神崎の部屋のスタジオで撮ってもらった写真だ。

「それは……」

郁美は口ごもってしまう。

情報が早い。昨日、神崎に抱かれた。郁美にとっては初めての経験だった。酔っ払って半分意識がない状態だったが、もともと好意を抱いていた相手だったので、後悔はなかった。

そのあと、神崎は優しく髪を撫でながら言ってくれた。

「恵里奈とはもう終わってるんだ。今の俺が愛してるのは郁美だけだよ」

まっすぐに目を見つめながらそう言われると、そんなわけはないと思いながらも、郁美は神崎の言葉を信じたくなってしまう。そして、神崎のためになるならミスコンに出場しようと決意した。

「ありがとう。じゃあ時間がないから、すぐにサイトを更新するよ。その前に写真を撮らせてくれ」

神崎の部屋はスタジオも兼ねているようで、カメラや照明器具が揃っていた。

芸能プロダクションを作る準備をしているらしく、そのスタジオを使ってこれから所属する予定の女性たちの写真を撮っているということだった。

まぶしいほどのストロボを焚きながら、数え切れないぐらい写真を撮られ、一種のトランス状態になった。

そのあと、欠員が出たための主催者推薦という名目で、神崎が郁美の写真や動画をミスコンのサイトにアップしてくれた。それが昨夜のことだ。

でも、もうSNSを中心にかなり話題になっているようだ。今朝から郁美のインスタにはコメントが大量に寄せられていた。

読むのは怖かったが、やはり反応は気になる。おそるおそる読み始めたコメントのほとんどは、郁美の出場を歓迎するものだった。

《清純派の郁美ちゃんが出てくれて、やっと投票したいと思える人ができました》

《この子、可愛い！》

《僕は郁美ちゃんを推します！》

《こういう感じの娘が参加者にいなかったので、選択肢が増えていいと思います》

そのことは郁美を安堵させると同時に、生まれて初めて味わう種類の高揚感をもたらしてくれた。そんな心の中をのぞき見たように、沙紀が言った。

「ひょっとして、あなた、恵里奈さんに勝てると思ってるの？　恥をかくだけよ。さっさと辞退しちゃいなさい」

もちろん優勝できるとは思ってはいない。だけど、自分が出ることで少しでもイベントが盛り上がり、神崎が助かるのであればと考えただけだ。

それに、神崎は沙紀や温子や優衣ではなく、自分に声をかけてくれた。その神崎の判断にケチをつけられたような気がした。

「辞退はしません」

郁美はそう言って、じっと沙紀の目を睨み返した。沙紀が怯むのがわかった。そんな沙紀が頼るのは、恵里奈の名前だ。

「あなた、恵里奈さんを怒らせるつもり？」

恵里奈の名前を出されるとつらい。だが、郁美はあえてそれを振り払った。

「恵里奈さんなら、きっと歓迎してくれると思います。だって、それでミスコンが盛り上がるわけですから」

「そうかしら。たとえ恵里奈さんはなんとも思ってなくても、恵里奈さんに刃向かう人間を許さないって人は多いかもよ」

「それなら私のことも屋上から突き落としますか？」

郁美の言葉で沙紀の顔色が変わった。素早く周囲に視線を配り、誰にも聞かれていなかったことを確認すると、声を潜めて言った。

「大きな声で言わないでよ。勘違いしないでね。あなたも同罪なのよ」

確かにそうだ。直接手を下していなくても、あのときの亜弥の「郁美さん、助けて！」という声は、今でも耳の奥に残っている。

でも、亜弥がいなくなったから、自分がミスコンに出られた。神崎が選んでくれた。そう思うと、あれは必要なことだったような気がするのだった。だからそれを、はっきりと言葉にした。

「わかってます。だけど、あれは仕方なかったんです」

郁美が断言するように言うと、沙紀は口を半開きにして、信じられないものを見たといった表情を浮かべた。

「あなた、なんだか変わったわね」

そういう沙紀の声は初めて聞く弱々しさだった。

17

ヒールの音が不規則に夜道に響く。椎名沙紀は自分でもわかるぐらい千鳥足になっていた。

郁美に反抗的な態度を取られたことが許せなかった。

郁美がミスコンに出場することになったことは恵里奈も知っているはずだったが、

恵里奈はそれには一切触れない。内心、快く思っていないのだろう。もちろん、こちらからもその話はふりにくい。

だけど、そのことについて話したかったたし、亜弥の件があってからはなるべくひとりでいたくなかったので、授業が終わったあと、恵里奈に「このあと、飲みに行かない？」と誘ってみたが、返事はつれないものだった。

「私は今日は帰るわ。弟の五歳の誕生日だから、お家でパーティーをするの。ああ、思い出したら順也ちゃんに会いたくてたまらなくなってきちゃった。私、これで失礼するわね」

恵里奈がそう言うと、温子と優衣も「じゃあ、私も帰る」とあっさり解散することになった。

ふたりとも沙紀と仲がいいわけではなかった。同じように恵里奈に憧れているから一緒にいるだけだ。特に温子なんかは沙紀にライバル心を抱いているようで、恵里奈の一番の友達は自分だと言いたげな態度を取る。

優衣は高等部からの編入組で、そのあと恵里奈のファンになっただけだ。それに対して沙紀は中等部からずっと恵里奈と一緒だった。

中等部の入学式のとき、会場で恵里奈と初めて会った。その瞬間に恋に落ちた。いつか自分の思いを告白したいと思いながらも、結局、未だに胸の奥に秘めたままだ。

それは恵里奈との今の関係を壊したくないからだった。

まごまごしていたら、恵里奈は神崎とつきあい始めた。あんな男のどこがいいのか？　恰好つけたがりで、裏表があって、女に手が早い。

郁美をミスコンの出場者に押し込んできたのも、きっと男女の関係になったからだ。恵里奈もそのことに気づいているはずだ。だから今日は誰もが腫れ物に触るように恵里奈と接していた。

飲みに行こうという誘いを断られてよかった。もしも恵里奈と一緒に酒を飲んでいたら、失恋した恵里奈につけ込むように、ここぞとばかりに今まで自分の中に秘めていた思いを口に出していたかもしれない。

それに、もしも恵里奈抜きで温子と優衣の三人で飲みに行っていたら、きっと話題は亜弥のことになる。いったい今頃、どこでなにをしているのか？　あの日から四日が過ぎても、その行方は杳《よう》として知れない。

沙紀は頭を振った。

今は亜弥のことは考えたくなかった。死んだのか？　生きているのか？　死んだとしたら自分は人殺しだし、生きているとしたら告発されそうで不安だ。面倒くさいことからは目を背けたかった。

沙紀はひとりで帰宅する途中に、馴染みのマスターがいるバーで酒を飲んだ。そのマスターには恵里奈に対する恋心もすべて話している。もちろん恵里奈の名前は出していないので、誰のことかはわかっていないはずだ。だからこそ、赤裸々に気持ちを打ち明けられる。

ただし、亜弥の件は別だ。さすがに屋上から突き落としたことは言えない。それを我慢していたせいか、ずいぶん悪酔いしてしまった。

ふらふらしながら歩いていると、顔になにかが触れた。ほんの微かな刺激。だが、とんでもなく不快な感触……。

「なっ、なんなの？」

反射的に手で払いのけた。指にまとわりついた細い糸が街灯の明かりを反射してキラキラ光る。蜘蛛の糸だ。

「どうして？」

立ち止まり、周囲を見まわした。

ちょうど道の両側には大きなオフィスビルが建っていて、深夜のこの時間は人の姿はまったくない。

そのとき不意に、風にのって微かな臭気が漂ってきた。

「臭いっ……」

沙紀は顔をしかめた。誰かが道端にゴミを不法投棄して、そのゴミの中に生ものが混じっていたのか？　それともネズミでも死んでいるのか？

沙紀は鼻をヒクヒクさせながら周囲を見まわした。微妙な違和感が沙紀を取り囲んでいた。なにかが変だ。

霊感などまったくない沙紀だったが、それでもはっきりと感じる。禍々しい気配……。よくわからないが、とにかくここからさっさと立ち去ったほうがいい。

そう思って歩き始めたとき、また顔に微かな不快感があった。慌てて手で払いのける。やはり蜘蛛の糸だ。街路樹からはかなり離れて歩いていた。それなのにどうして？　と腹が立った。

蜘蛛は糸を吐き出して、それで風に乗って移動するという話を聞いたことがあった。たまたまそうやって吐き出した糸が空中を漂っていただけだ。そう考えたが、不愉快な気分はますます大きくなっていく。

もともと短気なほうだったが、まるでなにかに憑かれたかのように、怒りの感情が込み上げてくる。異常なほどだ。誰かにこの思いをぶつけなければ、どうにかなってしまいそうだ。やっぱり一言文句を言ってやろう。

沙紀は道の真ん中で立ち止まり、スマホを取り出して電話をかけた。

すぐに不機嫌そうな声が電話に出た。あんたのせいで大変な思いをしてるっていうのに……。そんな腹立ちの感情を込めて沙紀は言った。

「私、沙紀です。今、いいですか？」

ザーッ、ザーッとノイズがひどい。電波が悪いようだ。

「もしもし、聞こえてますか？」

相手がなにか言っているが聞き取れない。

「なんなの、これ」

忌々しげに吐き捨てる。もうこの際だから直接会って話したほうがいいかもしれない。沙紀はスマホに向かって言った。

「今から行ってもいい？　会って話したいの」

その瞬間、うるさいほどに鳴っていたノイズが、いきなり断ち切られるようにして消えた。

そして、スマホの向こうから女の声が聞こえた。

『今から行ってもいい？　会って話したいの』

粘液にまみれたような生々しい声。もちろん自分の声ではない。

「誰？　あなた誰なの？」

そう訊ねてスマホを耳に強く押しつける。そのとき、耳の中がガサガサと鳴った。

全身が粟立つような嫌悪感。

「いやッ……」

沙紀は短く悲鳴を上げて、スマホを耳から離した。頭を激しく振り、プールのあとのように首を傾げて飛び跳ねながら、頭を手でバンバン叩いた。

足下にぽとりと、小さな蜘蛛が落ちた。

「なんなの、こいつ！」

力いっぱい踏みつけて、グリグリと踏みにじる。足をどかすと緑色の液体がアスファルトに小さく残っていた。

そのとき、不意に辺りが暗くなった。街灯がまるで切れかけの蛍光灯のようにチラチラと点滅を繰り返している。昔の街灯ならともかく、今はLEDライトを使っているはずだ。こんなふうになることは考えられない。

なんだか薄気味悪く感じ、両腕で自分の身体を抱きしめるようにしたとき、背後から声が聞こえた。

「来たよ。さあ、話しましょ」

沙紀は驚いて飛び退き、そちらを振り向いた。だが、そこには誰もいない。

「ど、どこにいるの？」

その問いかけに答える声が上のほうから聞こえた。

「ここよ」

反射的に見上げると、街路樹の葉のあいだにぼんやりと顔が浮かんでいた。

それは……亜弥だった。

「あ……亜弥さん……。あなた、生きてたの？」

沙紀は眼球がこぼれ落ちそうなほど目を見開きながら言った。

「……生きてた？　あたし、生きてるのかな？」

葉っぱをガサガサ鳴らしながら亜弥が訊ねる。

「知らない。私は知らないわ。それに……どうしてそんなところに？」

それが異常なことだとわかっていながらも、なにか理由があるのだと思い込もうとした。でも無理だ。普通の人間なら、そんなところに登ろうとはしないだろう。

「……あたしは……あんたたちに……殺されたんだ……。真っ暗な……闇の中に……突き落とされたんだ……」

亜弥の声は電波の悪いラジオのような聞こえ方をする。

私たちに殺された？　つまり、亜弥は死んだ？　それじゃあ、そこにいるのはやっぱり……。亜弥の大きな瞳は白く濁っている。

だが、沙紀はそのことを認めたくない。

「なに言ってるの。亜弥さんは生きてるじゃないの。それに、あれは事故よ。突き落とそうとしたわけじゃないの」

沙紀は必死に弁解した。だが、そんな言葉など聞こえていないかのように亜弥は繰り返す。

「……憎くてたまらないの。憎い……。憎い……。憎い……。憎い……。憎い……。憎い……」

亜弥はまるでなにかのバグのように「憎い」と何度も繰り返しつづける。と、次の瞬間、ビシャッと濡れた毛布を叩きつけるような音とともに、亜弥が地面に飛び降りた。

「ひっ……」と短く声を上げて沙紀は仰け反った。

今までに経験したことがない種類の恐怖に身体が硬直する。それでも亜弥の姿から目を離すことはできなかった。

亜弥の顔は青紫色で、半分ほどは血で汚れている。それに、もとは白かった服が土色になっているのも血が乾いたあとだ。

だが、そんなことはたいした問題ではない。亜弥の身体……そのおぞましさに、沙紀は全身が総毛立ち、奥歯がガチガチ鳴るほど全身が震え始めた。

そんな沙紀の様子を面白がるように、亜弥がこちらに近づいてくる。

ぴたん……ぴたたん……ぴたん……ぴたたん……。

アスファルトに粘り着くような足音が不規則に響く。亜弥が移動したあとには、薄黄色の粘液が溜まっている。まるで亜弥の身体が腐って溶け出したかのようだ。

そう思ったとたん、強烈な異臭が鼻孔を刺激した。込み上げる嘔吐感に、沙紀はとっさに手で口を覆った。さっきから感じていた腐敗臭は亜弥の身体から漂い出る匂いだったのだ。

逃げなければ！

ようやくそんな思いが頭に浮かんだが、足が動かない。金縛りといった類いのものではなかった。靴の裏がアスファルトに張り付いてしまっていたのだ。無理に引きはがそうとすると、粘着質な白い糸を引いた。

「い……いや……。これ、なんなの？　亜弥さん、やめて！」

大声を出しても、近くには民家もないし、通行人もいない。ただ、ゆっくりと亜弥がこちらに近づいてくる。

ぴたん……ぴたたん……ぴたん……ぴたたん……ぴたん……ぴたたん……。

「憎い……。憎い……。憎い……。憎い……」

顔を苦しげに歪め、低くつぶやきつづける。その呪いの言葉が沙紀の身体をがんじがらめにする。それは例えではなく、現実的な問題としてだ。

気がつくと、自分を抱きしめるようにまわしていた両腕が身体に貼り付いていた。引きはがそうとしても無理だ。足の裏の粘着質なものと似たようなものが身体をぐるぐる巻きにしていた。蜘蛛の糸だ。

細い糸が何万本も束になり、沙紀の身体に巻き付いていた。しかもそれは、まるで万力で締めつけるように、徐々にきつくなってくる。

亜弥は呪いの言葉をつぶやきながら、白く濁った目でじっと沙紀を睨みつけている。

ボキッと音がした。腕の骨が折れた音だ。沙紀は悲鳴を上げた。それにつづいてボキボキとまた骨が折れる音がする。今度は肋骨だった。

悲鳴を上げたかったが、今度はもう声も出ない。口も粘着質な糸で塞がれていた。沙紀はただその場に立ち尽くしながら、徐々に細い棒のようになっていく。そして、最後の瞬間まで、見開いた目でじっと亜弥の顔を見つめていた。満足げに薄く笑みの浮かんだ顔を……。

「憎い……。憎くてたまらないの……」

赤黒く血で汚れた顔で亜弥がつぶやく。

18

真っ暗な闇の中を郁美は歩いていた。両手を前に出して障害物を警戒しながら、一歩一歩慎重に歩いて行く。靴を履いていない足の裏に枯れ葉の感触があり、カサカサと音がする。

徐々に目が暗闇に慣れてきた。そこは旧校舎——一号棟と二号棟のあいだだ。そして、目の前には枯れ葉が大きく山のように積もっている。

その下にはきっと亜弥が埋まっている……。

どうしてこんな場所に来てしまったのか？　逃げなければと思いながらも、郁美の身体は動かない。

なにか予感めいたものがあり、じっと枯れ葉の山を見つめた。

そのとき、静まりかえっていた闇の中に悲しげなメロディが流れ始めた。それは枯れ葉の下から聞こえてくる。なにかが細かく振動し、それによって枯れ葉の山が崩れていく。

そして、枯れ葉の下からぼんやりとした光がこぼれ出る。それは闇に慣れた目には、痛みを感じるほど強烈な光だ。

顔を背け、目を細めながら、そちらを見た。悲しげなメロディは郁美のスマホの着メロだ。誰かが自分を捜してくれている。こんな場所にひとりでいることの心細さに押しつぶされそうになっていた郁美は、飛びつくようにして枯れ葉の山を払いのけてスマホを取り出した。

だが、よく見るとそれは郁美のスマホではなかった。大量のスワロフスキーでデコレーションをされている。亜弥のスマホだ。驚いて放り出そうとしたときに、声が聞こえた。無意識のうちに着信ボタンを押していたようだ。

『郁美さん……。郁美さん……』

女の声が郁美を呼んでいる。返事をしてはいけない。そう思いながらも、郁美の手はひとりでに動き、スマホを顔に近づけていく。亜弥の声が耳元で囁く。

『郁美さん……、どうして助けてくれなかったの？』

「ごめんなさい！　許してください！」

郁美は身体をふたつに折るようにして叫んだ。その耳に、当惑したような声が聞こえる。

『郁美さん、大丈夫？　なにを寝ぼけてるの？』

耳の穴の中に優しく流れ込んできたのは、恵里奈のやわらかな声だった。

「……恵里奈さん？」

ふと気がつくと、郁美は自分の部屋のベッドの上に身体を起こしていて、手に持っているのは亜弥のものではなく自分のスマホだった。

また悪夢を見ていたようだ。

最近は寝ると毎回悪夢にうなされてしまう。それが怖くて、あまり眠れない日がつづいていた。今もほんの数時間うとうとしたあいだに夢を見ていた。

亜弥からの電話でなかったことにほっと安堵したが、今度はまた違った罪悪感が込み上げてきた。

郁美は恵里奈の恋人である神崎と関係を持ってしまっていた。いったいなんの用で、恵里奈は電話をかけてきたのか？　ついスマホを握り締める手に力がこもってしまう。

そんな郁美の耳に恵里奈の言葉が滑り込んできた。

『沙紀さんが亡くなったの』

まだ悪夢がつづいているのだろうか？　信じられない思いで郁美は訊ねた。

「……今、なんて言いました？」

『昨夜、沙紀さんが亡くなったのよ。私のところに今朝、沙紀さんのお母さんから連絡があったの。附属の頃からずっと仲良しだったから、最初に私に報せたほうがいいと思ったからって』

恵里奈の口調は信じられないぐらい落ち着いている。まるで前日に見たテレビドラマの話でもするかのように、普段と同じトーンで話しつづける。それに反して郁美の口からは、思わず大きな声が出てしまう。

「どうして？　沙紀さんはどうして亡くなったんですかッ？」

『何者かに帰り道で襲われたんですって。防犯カメラもないような寂しい場所らしくて、今のところは容疑者も特に浮かんではいないそうよ。お葬式は明日、行われる予定なんだけど、郁美さんも行くでしょ？　詳細が決まったらまた連絡してあげるわね』

行きたくない。でも、最近はいつも沙紀と行動を共にしていたし、郁美も行くものだと決めつけている恵里奈の誘いを断るわけにはいかない。そんなことをしたら、なにか疚しいことがあるのではないかと勘ぐられてしまう。

「は……はい、もちろん行きます。では、詳しいことが決まったら教えてください」

そう言って電話を切ると、郁美はすぐにスマホをベッドのヘッドボードに置いた。

それは間違いなく自分のスマホだったが、まだ夢の中の記憶は生々しく残っていて、どうしても不吉なイメージが浮かんでくる。

その不吉さは、まっすぐに沙紀の死につながる。沙紀の死には、絶対に亜弥が関係しているはずだという気がした。

時間は七時を少し過ぎたところだ。学校に出掛けるまでにはまだ時間があったが、もう一回眠る気にはならない。とりあえず熱いシャワーでも浴びようとベッドから降りた郁美の足の裏が、カサッと鳴った。

なにか脆いものを踏みつぶした感触。おそるおそる足を上げて見ると、そこには枯れ葉の残骸が落ちていた。

「どうして、こんなものが？」

夢の中で郁美は裸足で歩いていたことを思い出した。

まさか……。

とっさに掛け布団をめくってみると、そこには枯れ葉が大量にあった。まるでそこが一号棟と二号棟のあいだでもあるかのように……。

19

翌日、沙紀の葬式が都内の寺院で執り行われた。

修聖女子大学の理事長の孫の葬式ということで、参列者は普通の葬式よりも圧倒的に多かった。

「ついこないだも一緒に授業に出たばかりなのに、まさかこんなことになるなんて……」

恵里奈が沙紀の両親に挨拶をし、涙を流した。

その後ろで、郁美と優衣は顔を伏せて悲しみに暮れている様子を装いながらも、心の中を占めていたのは恐怖だった。

普通の葬儀では棺桶に入れられた故人の顔を見て別れを告げる機会があるが、沙紀の場合は棺の蓋は固く閉ざされて、彼女の顔を見ることができなかった。

郁美と優衣は、恵里奈につづいて順番に焼香を済ませた。そのあと、沙紀と特別に親しかったということで残って葬儀の手伝いをすることになった恵里奈と別れ、参列者たちから少し離れたところにきてから小声で言葉を交わし始めた。

「沙紀さんの棺の中を見せてもらえなかったのはどうしてなんでしょうか？」

郁美が何気なく訊ねると、優衣が青白い顔で口元を押さえながら言った。

「さっきトイレに行ったときに他の参列者の方が話してたのが聞こえちゃったんだけど、沙紀さんの死体はかなりひどい状態だったみたいね。なんでも、まわりから強い力で締めつけられたみたいに全身が潰れてたとか……」

「……潰れていた？」

事件についてはテレビのニュースでも報道されていたが、遺体の状況については詳しく発表されていなかった。

ただ、猟奇的な殺され方だったという情報だけがもれていて、そういう事件が大好きなマスコミの取材陣が寺の前の道にずらりと並んでいた。

あの人たちはどんな映像が欲しいんだろう？　沙紀さんの死体の状態を知りたいの？　死体の状況……。なんとか払いのけようとしても、郁美の頭の中にはグロテスクなイメージが浮かんでくる。

「それにしても温子さんが心配だわ」

優衣が本堂のほうをぼんやりと眺めながら、ひとりごとのようにつぶやいた。

「温子さんは体調が悪いんですよね？」

さっき恵里奈からそう聞かされた。体調が悪くて葬式には参列できないと連絡があったと。

確かに昨日も学校を休んでいたようだった。高校の頃からのつきあいだったということもあり、沙紀の死がかなりショックだったのかもしれない。

「うん。でも、なんだかいやな予感がするのよね」

「いやな予感？」

「実はね。私も昨日から何度もＬＩＮＥを送ってるんだけど、全然既読にならないの。温子さんって、いつもスマホを手放さない人じゃない？　いくら体調が悪くて横になってるとしても、丸一日以上スマホを見ないなんて考えられないのよね」

優衣は自分の足下に視線を落として考え込んだ。そして顔を上げると、郁美に向かって両手を合わせた。

「ねえ、温子さんの家に一緒にお見舞いに行ってくれない？」

「お見舞い……ですか?」

「お願い!　ひとりで行くのは不安なの。だから、ね!」

優衣は両手を合わせたまま拝むように目を閉じてみせた。

20

インターフォンを押す優衣の後ろから、郁美は大きな屋敷を見上げた。

温子の家は高級住宅街にあった。父親が会社を経営しているという話だったが、こうして郁美の実家とは比べものにならない立派な家を目の当たりにすると、恵里奈のグループのメンバーはやはり全員、自分とは住む世界の違う人たちなのだという気がした。

インターフォンから女の声が聞こえた。

『どちら様?』

なんだかすごく疲れているようだ。

「優衣です。温子さんの体調がよくないと聞いたもので、ちょっとお見舞いに」

そう言って優衣はカメラに顔を近づけた。

『まあ、優衣さん？　どうぞ門を開けて入ってきて』

インターフォンが切れるとすぐに玄関のドアが内側から開けられ、中年の女性が姿を現した。どうやら温子の母親らしい。

立派な家に住んでいるだけあって上品な雰囲気の女性だが、髪に艶がなく、顔色も悪い。

「初めまして。修聖女子大一年の麻丘郁美です。温子さんにはいつもお世話になっております」

郁美が自己紹介すると、母親は少し明るい声を出した。

「ああ、あなたが郁美さんね。温子から聞いてるわよ。こちらこそ、温子がいつもお世話になってるみたいでありがとうね。ふたりとも、心配して、わざわざ来てくれたのね。うれしいわ。あの子、すごく塞ぎ込んでて……。私はどうしたらいいかわからないの」

温子の体調が悪いというのは、どうやら本当のようだ。

「温子さんに会わせていただけませんか？」

優衣の申し出に、母親は表情を曇らせた。

「お気持ちはうれしいんだけど、あの子、すごく具合が悪いみたいで、今はちょっと……」

「私たちと話せば、気持ちも紛れて元気が出るかもしれませんよ。だから、少しだけでいいんで会わせてください」

普段の印象とは違って、優衣は強く自分の思いを伝えた。母親が困ったように首を傾げる。

「お願いです。私、温子さんに会いたいんです」

優衣が駄目押しのように言うと、母親はしぶしぶ了承した。

「そうねえ……。わかったわ」

「ありがとうございます。それなら、すみませんが、私たちに塩をかけていただけますか」

優衣が言うと母親は少し不思議そうな表情を浮かべたが、すぐに目の前の女たちが喪服を着ていることに気がついたようだ。

「今日は沙紀ちゃんのお葬式だったのよね。温子もお世話になってたから、本当なら顔を出すべきだったんだけど……。ちょっと待っててね。今、お塩を持ってくるから」

温子の母親は家の奥へと向かい、すぐに塩の入った容器を手に戻ってきた。

そして、優衣と郁美の肩から胸の辺りに、パサッ、パサッと塩をかける。その顔には、なぜだか鬼気迫る表情が浮かんでいた。まるで目の前に邪悪なものがいて、それを追い払おうとしているかのように……。

「温子、優衣ちゃんたちがお見舞いに来てくれたわよ」

階段の上に向かって声をかける。

「優衣ちゃんは温子の部屋、わかるわよね？　私はなにか飲み物でも用意していくから、どうぞ勝手に上がっちゃって」

そう言って母親は廊下の奥へ消えた。

郁美は家の中を見まわした。玄関にも廊下にも明かりがつけられているのだが、なぜだかぼんやりと薄暗い。

それに、どうも不潔な印象を拭えない。その理由に郁美はすぐに気がついた。天井の隅に蜘蛛の巣が張っているのだ。

掃除が行き届いていないことが、その不潔な印象の原因だったらしい。でもこれだけ家が広いと掃除が大変なのかもしれない、と郁美は好意的に考えることにした。

「郁美さん、早く。ちゃんとついてきて」

階段の途中で振り返り、優衣が言う。表情が硬く、顔色が青白い。なにかに怯えているようだ。

「はい。今行きます」

脱いだ靴を揃えてから、郁美もスリッパを履いて階段を上った。

「ここよ。ノックするわね」

まるでそう宣言しないと行動に移せないといったふうに言い、優衣はドアをノックした。返事はない。もう一度ノックして、ドアに顔を近づけて声をかける。

「温子さん、開けるわよ」

やはり返事はなかったが、優衣はドアノブをまわして、ゆっくりと引き開けた。

「うっ」と呻いて、優衣は顔を背けた。一瞬遅れて、すぐ後ろにいた郁美のところまで腐敗臭が漂ってきた。腕にさーっと鳥肌が立った。部屋に入ってはいけない。郁美の微弱な霊感が、そう警告している。

「やっぱり帰りませんか？」

郁美が背中に声をかけたが、優衣はその声が聞こえなかったかのように、さらに大きくドアを開けた。

部屋の中は暗い。カーテンが閉ざされて、明かりもつけられていない。

「温子さん、大丈夫？　具合が悪いって聞いて、お見舞いに来たの」

そう部屋の中に声をかけるが、温子の姿は見当たらない。優衣はドアのところから薄暗い部屋の中を見まわして、息を呑んだ。

視線はベッドの下に向けられている。その視線を追うようにしてベッドの下を見た郁美は、思わず声をもらしてしまった。

「あっ……温子さん……」

そこには温子の顔があった。ベッドの下の狭い隙間に腹ばいになって潜り込み、追い詰められた野生動物のようにこちらをじっとうかがっているのだ。

そんなところに潜り込んでいることも異常だったが、それよりも温子の変わりように驚いた。ほんの数日会っていなかっただけなのに、すっかりやつれ果てていた。

艶やかだった黒髪は半分ほどが斑に白くなり、頰がこけ、唇がひび割れて血が滲んでいる。

大きな目だけは相変わらずで、やつれた顔の中で存在感が際立ち、それでじっと見つめられると恐怖を感じるほどだ。

いったい温子になにがあったのか？

優衣も驚いたようだが、呼吸を整え、温子に向かって静かに声をかけた。

「温子さん、どうしたの？　そんなところで……」

野良猫に出会い、相手を怖がらせないようにゆっくり近づくときみたいに、優衣は四つんばいになって、慎重に温子のほうに近づいていく。

それでも温子は大きな目をギロギロと動かすだけで、なにも答えない。

「ねえ、なにがあったの？」

優衣がベッドの下をのぞき込むようにして訊ねる。

ふっと温子の瞳が揺れた。と思うと、後ずさりして、さらに奥へと潜り込みながら大声で言った。

「次は私の番だわ！　もう逃げられない！　私も殺される！　いや！　いや！　いやー！」

温子はますます興奮していき、声を絞り出すようにして絶叫する。慌てて優衣は床の上に膝をつき、錯乱する温子を必死に宥めようとした。

「落ち着いて！　私よ、優衣よ。わかるでしょ？　ねえ、なにがあったの？」

そのとき、ドアが勢いよく開けられ、温子の母親が飛び込んできた。手に持っていたお盆とその上に載せたジュースが入ったグラスを放り投げ、優衣と温子のあいだに割って入る。

「やめて！　温子になにをしたのッ？　この子を刺激しないで！　帰って！　お願

い、もう帰って！」

優衣を押しのけるようにして母親は絶叫する。その迫力に気圧されたように、優衣がふらりとよろけながら立ち上がった。

「すみません。お邪魔しました。今日はこれで失礼します」

優衣は床の上に落ちたバッグを拾い上げてドアに向かった。

「ちょっと待って……。私も、私も失礼します」

郁美は温子の母親に頭を下げて、優衣を追って階段を下りようとした。そのとき、顔になにかが触れた。反射的に手で払いのけた。それは蜘蛛の巣だ。

だが、普通の蜘蛛の巣ではない。みるみる増殖し、目の前が白く覆われていく。目の錯覚かと思ったが、違う。優衣が階段を駆け下りて行くその背後に、まるで彼女を追いかけるように、すごい勢いで蜘蛛の巣が張っていくのだった。

優衣はそのことに気づいていない。これはどういうこと？　いったいなにが起こってるの？　蜘蛛の巣を手で払いのけながら、郁美は階段を駆け下りていった。

手や顔に蜘蛛の糸がまとわりつく不快な感覚が残る。これは現実なのだ。足がすくんで階段を踏み外しそうになる。

そんな郁美を気にする余裕もなく、優衣は逃げるように玄関から出て行く。

「待って！　優衣さん、待って！」

郁美は必死に声をかけながら、靴を履くのももどかしく、つんのめるようにして家から飛び出した。

とたんに空気が軽くなったように感じた。

空は青々と晴れ渡り、十一月にしては強い陽射しが郁美に照りつける。気がつくと手や顔にまとわりついていた蜘蛛の糸は消えていた。

振り返ると、大きな屋敷全体が陽炎のように揺らめいて見えた。

近くにいたら邪気を浴びてしまうとでもいうように、優衣は足早に家から離れていく。

「優衣さん、待ってください」

置いて行かれることに不安を感じ、郁美は慌てて優衣を追いかけた。

21

ひとりになるのはいやだったし、温子の家で経験したことについて話し合いたかったが、優衣は「ちょっと用事があるの」と言って、さっさと帰ってしまった。

仕方なく郁美も自分の部屋に帰ったが、ひとりになると心細さがさらに強烈になる。誰かの声が聞きたい。それはもちろん神崎の声だ。

バッグの中からスマホを取り出した。その瞬間、ぞわぞわした感覚に襲われ、鳥肌が立った。沙紀の死を知った朝の、あの夢が思い出された。でも、手の中にあるのは郁美のスマホだ。亜弥のものではない。

大丈夫。大丈夫。変なことなんてなにも起こるわけがない。

そう心の中で言い聞かせて、郁美は神崎に電話をかけた。数回のコールで電話はつながった。

『おう。どうした？　沙紀の葬式には行ったんだろ？』

「はい。行ってきました」

そのあと、温子の家にも行ってきたことを言おうと思ったが、神崎がすぐに言葉をつづけたために言いそびれてしまう。

『こっちは大変だよ。沙紀の爺さんが修聖女子の理事長だから、しばらく喪に服すためにも学祭を中止するって言い出してさ』

「じゃあ、ミスコンも中止になるんでしょうか？」

少しほっとしている自分がいた。

今回のことは亜弥と関係があるような気がする。その亜弥の代わりに自分がミスコンに出場するのだ。亜弥が快く思うはずがなかった。もしもこのまま中止になるなら、そっちのほうがずっとよかった。

だが、神崎はとんでもないといったふうにつづけた。

『そんなわけないだろ。あと四日だぜ。これまでたっぷり時間をかけて準備してきたんだ。金だって注ぎ込んでる。今更イベントを中止したら、俺は破産だ。学校側の事情なんて関係ないよ。理事長の孫が殺されても、もしもこのあと理事長が殺されても、予定どおり開催するから安心しろよ』

「でも、沙紀さんがこんなことになっちゃって……。私が出ても出なくても全然なにも影響がないなら、できれば辞退したいんですけど……」

『なに言ってるんだよ？　郁美は今じゃ優勝候補だよ。サイトを見たか？　この前載せた郁美の写真と動画メッセージの反響がすごいんだよ。あとさ、沙紀のこととかあって大変だろうけど、インスタの更新もよろしくな。本番までもう時間がないし、郁美のファンが待ち焦がれてるんだからさ。じゃあ、俺は忙しいから切るよ』

一方的にそう言うと、神崎はあっさりと電話を切った。郁美がなんのために電話をかけてきたのか訊こうともしない。物足りない思いをもてあまして、郁美は電話が切れたスマホの画面をじっと見つめた。

黒い画面に自分の顔が映っている。二重瞼の大きな瞳。髪型も可愛らしく、三ヶ月前に比べて格段に垢抜けた自分の顔……。

その顔に軽く指を触れると画面が明るくなった。画面を上にスクロールして、ブラウザアプリをタップする。修聖女子大学ミスコンテストのページを開く。

本番の一週間前から、公式サイトでは出場者の顔写真の下に☆の数で評価を付けることができるシステムになっていた。郁美はまだ参加表明から間がないために総得票数は少ないが、☆5の割合は圧倒的に高い。その観点からだけなら郁美は恵里奈の次、二番目に位置していた。

「こんなに……」

一応、ミスコンに出ることは了承したが、まさか自分が優勝できるとは想像もしていなかったし、ただ神崎の力になれればと思っていただけなので、得票数を気にしたこともなかった。

実際にはミスコン当日、会場に来た観客の投票で決まるために、ネット投票はただの目安でしかなかったが、それでも自分に投票してくれている人がこんなにいるということがうれしくてたまらない。

次に郁美は、自分のインスタグラムを開いた。最後に投稿したのは、まだ沙紀の死を知る前だ。

駅から学校に向かう途中のカフェのオープンテラスでクロワッサンを手に持って、にっこり笑いながら自撮りした写真を投稿してあった。

《ミスコンに出場させていただくことになりました。応援をよろしくお願いします！》というコメントを書き込んでいた。

その投稿に一万件以上の『いいね』と千件以上のコメントがついていた。そのどれもが郁美を褒め称え、激励するコメントばかりだ。知らないあいだに、自分を取り巻く世界が変わってしまっていたことに気がついた。

私はひとりじゃない。

亜弥のことに関しては後ろめたい思いがあったが、それでも自分が人気者になっていくのはいやな気はしない。沙紀の死や、温子の異変を目の当たりにして落ち込んでいた気持ちが、一気に晴れていくのを感じた。

郁美は喪服姿のまま洗面所の鏡の前に立ち、自撮りをした。もちろん笑みはない。悲しみに耐えるように唇を噛み、少し顎を引き、上目遣いにする。ぎゅっと心に力を込めて涙を流した。

カシャッと乾いた音をさせて写真を撮り、それをインスタグラムに投稿した。

『今日は大切なお友達のお葬式に行ってきました。悲しくて悲しくてたまりません。今夜は彼女のためにお祈りしたいと思います』

写真とコメントを投稿したとたん、『いいね』がすごい勢いで増えていった。

私はひとりじゃないんだ。

亜弥のことや、沙紀の死、温子の異変などから目を背けるように、郁美の意識はミスコン活動に没頭していった。

22

『温子さんが亡くなったの』

沙紀の葬式の翌日、午後の授業のために校内を移動しているときに、また恵里奈から電話がかかってきた。

予感めいたものはあったが、温子の死を知らされた瞬間、さーっと血の気が引いていく音が耳の奥に響いた。

「……どうしてですか？」

声を絞り出すようにしてそう問いかけると、恵里奈はいつものように冷静に答えた。

『一応警察が来ているそうだけど、部屋の中で亡くなってたらしいから自殺じゃないかしら。沙紀さんが亡くなったことが、相当ショックだったみたいね。この年頃の女の子なら、後追い自殺って、わりとよくあることよ。日程がどうなるかわからないけど、お葬式には郁美さんも行くでしょ？』

まるでピクニックにでも誘うような軽い口調で言う。そのことに戸惑いながらも、郁美は「はい、行きます」と返事をしていた。

だが、本心では行きたくなかった。家にお見舞いに行ったときの様子が目に焼きついていた。ベッドの下に潜り込んで大きな瞳をギョロギョロさせていた温子の様子を思い出すと、今でも寒気がするほどだ。

電話を切ったあと、郁美はスマホをじっと見つめた。そこに温子の顔が浮かんでくる。

温子は自殺したと恵里奈は言っていた。本当にそうだろうか？　確かに昨日のような状態なら、自殺をしても不思議ではないが、温子はなにかに怯えていた。それはきっと自分の命を脅かす存在だ。そして、その不安が現実になった……。それなら自殺ではないのではないだろうか？

授業に出ても、なにも頭に入ってこなかった。教授の目を盗んで、ときおりミスコンのサイトやインスタグラムを見て、自分はひとりではないのだと勇気づけようとしたが、それでも不安な思いは込み上げてくる。

あの日、亜弥の他に屋上にいた四人のうちのふたりが死んだ。残っているのは郁美と優衣のふたりだ。沙紀と温子の死が偶然だとは思えない。なにかが自分に迫ってきている。確実に、着々と……。

そんなことを考えながら授業を終えて教室から出ると、廊下に優衣が立っていた。

青白い顔……。げっそりとやつれ、たった一晩でまるで人相が変わってしまっていた。

「ねえ、郁美さん。このあと、私の部屋に来ない？」

「いいんですか？」

「うん。いろいろ見せたいものもあるし」

優衣がほっとした様子で言った。やつれ果てた顔の中、目だけが不自然なほど、キラキラと輝いていた。

23

地下鉄で数駅移動し、駅から徒歩五分ほどの場所に優衣の暮らすマンションはあった。

オートロックを開けてエレベーターで四階まで上がり、ドアの前で優衣はなにかを思い出したように言った。

「あ、そうだ。五分だけ、ここで待っていてもらえるかな？」

「はい。大丈夫です」

「ごめんね」

優衣は細く開けたドアの隙間に身体を滑り込ませて、素早く閉める。

恵里奈のグループ内でも最も女性的な優衣だったが、意外と部屋が散らかっているタイプなのかもしれない。そういうギャップは、わりとよくあることだ。郁美はドアの外で待ちながら、時間つぶしにスマホでSNSをチェックした。

SNSには相変わらず郁美を褒め称える書き込みが溢れていた。それは郁美の自尊心を心地よく満たしてくれて、同時に自分のまわりに漂う異様な気配を曖昧に打ち消してくれる。

ふと気づくと、もう五分以上が過ぎていた。それでもドアが開く気配はない。待つしかない。さらに五分ほど経つと、ようやくドアが開いた。

「お待たせしちゃってごめんね」

優衣は額に少し汗をかいていた。かなり大がかりな掃除をしたらしい。部屋が散かっていても、自分のことなら全然気にする必要もないのに……。少し申し訳ない気分になってしまった。

中に入ると、やはり優衣も裕福な家庭の子供らしく、ひとり暮らしをしているという話なのにファミリータイプの広々とした間取りの部屋だった。恵里奈のグループの中で自分だけが住む世界が違う人間なのだ、と郁美は改めて痛感した。

「さあ、こっちへ」

優衣は廊下を進み、左手の部屋に入る。そのあとにつづいて部屋に入った瞬間、郁美は驚きの声をもらした。

「すごい……」

四面の壁全体が本棚になっていて、そこにびっしりと本が詰め込まれていた。本棚を置くために窓も完全に塞がれてしまっている。しかも、縦に入れるだけでは収まりきらないぶんの本は横向きして、わずかなスペースも無駄にしないように押し込まれていた。

それは普段、フェミニンなファッションに身を包み、リア充生活を満喫しているように見える優衣からは想像もできない部屋だった。きっと部屋には可愛い家具や小物が溢れているだろうと想像していたのに……。

「優衣さんって読書家なんですね」

感心しながら何気なく本の背表紙の文字を目で追っていくと、『超常現象大百科』や『世界の怪物』『最凶都市伝説』といった、おどろおどろしいタイトルばかりだ。ますます違和感が大きくなっていく。可愛らしい見た目にはまったく似合わない。

郁美の戸惑いを感じ取ったように、優衣は言った。

「私……、本当はオカルト・オタクなの。中学のときなんかはいつもタロットカードを持ち歩いたりしてたから、クラスでも浮いた存在で友達なんかひとりもいなかった。暗い青春よ。このままじゃいけないと思って軌道修正することにしたの」

優衣は早口で話しつづける。

「だから地元の高校には進まないで、父にこのマンションを買ってもらって、実家からかなり離れた私立の修聖女子大学の附属に進学したの。自分のことを誰も知らない環境でやり直そうと思って。ま、簡単に言えば高校デビューね。それで附属の高等部に入学したときに、キラキラ輝いていた恵里奈さんに憧れて近づいて、仲良しグループになんとか紛れ込んで、それからはオカルト・オタクだってことを隠して生きてきたってわけ」

「そうだったんですか？　全然気づきませんでした」

「でしょうね。高校以降のお友達は、このことは誰も知らないの。でも、今でも家ではこっそり、こんな本ばっかり読んでたんだけどね。もちろんお友達が遊びに来ても、この部屋には誰も入れたことはないわ。ここは私が本当の自分になれる唯一の場所なの」

目を伏せて、優衣はいじけたように言った。

可愛くて華やかで毎日楽しそうでうらやんでいた優衣の裏の部分に触れて、意外な気分だった。同時に、無理をしているのは自分だけではないのだと、郁美は少しうれしくなった。

最初から優衣は、沙紀たちに比べて郁美に優しかった。それはきっと陰キャとしての同胞意識があったからだ。だが、今はそんな同胞意識をカミングアウトするために部屋に招待してくれたわけではなさそうだ。

すでに沙紀と温子が死んでいる。あの日、屋上にいて生き残っているのは優衣と郁美だけなのだ。それと……亜弥も？　もしも彼女が生きているならの話だが。

「それで、亜弥さんのことなんだけど」

やはり話はそちらに向かう。当然だ。

「はい」

郁美は背筋を伸ばして、話のつづきを待った。

「やっぱり亜弥さんは死んだんだと思うの。だって私、ちゃんと見たもの。亜弥さんの黒目が白くなるのを。あの瞬間、死人の目に変わったわ」

郁美も見た。誰よりも近くで。しかも、黒目が白く濁る瞬間、亜弥は郁美と見つめ合っていたのだ。

「でも、それなら亜弥さんの死体はどこに行ったんですか？　それにもしも亜弥さんが本当に死んでいたとしたら、沙紀さんと温子さんを殺したのは亜弥さんの幽霊だって言うんですか？」

「それは……信じてもらえるかどうかわからないけど……」

オカルト・オタクだったときにみんなからバカにされた記憶が蘇ってきたのか、優衣は悲しげに顔を歪ませた。

「気にしないで、なんでも話してください」

少しでもヒントが欲しい。それがどんな馬鹿げた内容であっても、自分のまわりでなにが起こっているのかを少しでも知るきっかけになれば……。

「これなんだけどね」

優衣は机の上に置いてあった分厚い本を手に取り、郁美に差し出した。表紙に『カケラ女』という文字が書かれている。夏休み明けにラウンジで早苗に観せられたネットドラマを思い出した。確かあのドラマのもとになっている都市伝説だ。

「カケラ女の話、知ってる？」

「ネットドラマを観て、一応は。でも、詳しいことは……」

郁美がそう答えると、優衣の頰がほんの少し上気した。

「ああ、あれ、観たんだ？　確か前後編だったよね。最後まで観た？」

「前編だけ……。怖くて後編は観ませんでした」

「そうなのね。後編では復讐の様子が描かれていて、けっこうグロかったから、観なくて正解だったかも。もしも観ていたら……」

優衣が不意に思い詰めた表情になった。もしも後編を観ていたらなんだというのか？

「一応、説明しておくね。カケラ女の都市伝説っていうのは、今から十年以上前に実際に存在した、ひとりの女性の話がもとになってるの」

「実在した？」

「そうよ」

そして、これから水に飛び込む水泳選手のように大きく息を吸うと、優衣は勢い込んで話し始めた。

「その人は自動車事故に遭ってぐしゃぐしゃになって死んだんだけど、そのときにちぎれた指の先っぽから再生したらしいの。どうしてそんなことが可能だったかはよくわからないんだけど、その人はもともと不思議な力を持っていたからだっていうのが有力な説ね。

ただ、再生するときに、心の中に抑え込んでいた憎しみの感情だけがどういうわけか肥大化しちゃったわけ。その他の理性とか分別とかいったものは、もう全部死んじゃってたから、かわいそうに、ただの憎悪の怪物になってしまったの。

だけど、いったん死んで、しかも指の先っぽから再生するなんて、もちろんそんな自然の摂理に反することが許されるわけはなくて、神の怒りに触れて、肉体を滅ぼされてしまったんだって。

本当ならそこですべてが終わるはずだったんだけど、その女の人のほんの少し残った肉体のカケラが、風に飛ばされるか鳥に運ばれるかして、一日じゅう日の当たらない暗い場所に落ちて、そこでひっそりと干涸びていったの。

これもどういう理由かはわからないけど、そのカケラから身体が再生することはなかった。最初に再生したときには、彼女の生まれつき持っていた不思議な能力に、外からなんらかの力が加えられたから奇跡が起きたみたいなの。呪文を唱える必要があるんじゃないかって意見があるけど、それもやっぱり誰にもわからないんだけど……。

そして、干涸びていったカケラが、あるとき、たまたま恨みを抱いて死んだ女性の血を吸って、瑞々しい肉片に戻り、それがまるでそういう生き物みたいにうごめきながらその女性の体内に入り込んで、肉体と恨みの念を乗っ取って蘇生したの。そして、憎い相手を殺すの。霊能力とか不思議な力を使って……」

優衣はまるで見てきたように詳しく話す。再現VTRは観たが、カケラ女の秘密については後編で描かれていたのか、その内容は知らなかった。自分から話してくれと言っておいて、郁美は優衣の話を信じることはできなかった。

「……カケラ女の都市伝説って、そんな話だったんですね。でも、死んじゃった身体に寄生しても、憎しみの感情を引き継ぐことはできないんじゃないですか？」

「これは私の仮説だけどね。人間はね、心臓が止まっても三分から五分ぐらいは脳の細胞はまだ活動をつづけているらしいの。だから、カケラ女が寄生した女性は、肉体は死んでるけど憎しみの感情は持ちつづけているっていうことになるんじゃないかって思ってるの。どう？　なかなかいい線いってるでしょ？」

「私にはわからないですけど……」

「実はカケラ女の事象は過去に何回も起きているのよ。カケラ女に寄生された女性による復讐の殺人事件がね」

「そんな事件……、私は聞いたことがありません」

「だって、カケラ女のせいだなんて報道されないから。どこかの誰かが圧力をかけているみたいなのよ。政府か警察か、もっと違う組織が、社会を混乱させないように……」

「陰謀論ってやつですね」

ネガティブなニュアンスでぽろっと郁美の口から出た言葉に、優衣はため息で応えた。

「まあ、そうなっちゃうよね。私はオタクだから、単純に信じちゃうんだけど。でも、最近になってカケラ女の都市伝説がひろまってきたのは、SNSが発達してみんなが好き勝手に発信できるようになって、大きな組織の圧力が通じなくなってきたからじゃないかって思ってるの。そう考えれば説明がつくでしょ？」

郁美は黙って聞いていたが、とても信じる気にはなれない。

陰謀論もそうだが、干涸びた肉片が血を吸ってフリーズドライの食品のように蘇り、死体に寄生して恨みの念をエネルギーにして動きまわり、復讐を果たすなんてあり得ない。現実離れしすぎている。

郁美の興味が薄れていくのを感じたのだろう、優衣が軽く頭を振って、机に歩み寄った。

「いいものを見せてあげる」

ノートパソコンを開いてマウスを操作し、画面上に動画ファイルを開いた。それを郁美のほうに向ける。

郁美は画面をのぞき込んだ。

「なんですか、これ？」

暗い夜道で男女が揉めている様子が、かなりの望遠で撮影されている。画面が微妙に揺れているところが、誰かが手持ちで撮影している感じでリアルだ。

ふたりは恋人同士なのだろうか？　別れ話をしているように見える。そして、男の心が女から離れているのが伝わってくる。

男はくるりと背中を向けて歩き始めた。女がそれにすがり、払いのけられて地面に倒れ込んだ。と思うと、女はバッグの中からなにかを取り出して男に駆け寄っていく。手に光るものが見えた。ナイフか包丁か？

だが、それは簡単に男に奪い取られ、逆に横に振るようにして男が女の首を切りつけた。血が噴き出し、女がうつ伏せに地面に倒れ込む。男は動揺した様子で刃物を投げ捨て、走り去る。

「えっ……。この人、死んじゃったんですか？」

モニター画面を見つめたまま郁美は訊ねた。と、次の瞬間、女がふらりと立ち上がった。

郁美は思わず息を呑んだ。

女はマリオネットのようなふわふわした動きで、男が走り去ったほうへと歩いて行く。映像はそこで終わった。

「……今のがカケラ女ですか？」

「うん、まあね。恨みを抱いて死んだ女にカケラ女が寄生して生き返った瞬間を収めた映像なの。寄生するところを拡大した映像もあるのよ」

そう言って優衣が他の動画ファイルを開いた。さっきの映像よりも画質はさらに悪いが、それでもなにが映っているのかはかろうじてわかる。

切り裂かれた傷口から血が流れ出て、アスファルトの上に溜まっていく。その血だまりを小さななにかが、まるで小魚が泳ぐようにして女の傷口へと近づいていく。それは手も足もなにもない、ただの肉片のようだ。

グロテスクな映像だったが、郁美は目を逸らすこともできずに見入ってしまう。肉片はまるでナメクジか蛭のような動きで、傷口の中へ潜り込んでいった。女の身体がピクンと震え、次の瞬間、ゆっくりと立ち上がった。

カケラ女の都市伝説は事実だったのだ……。

郁美の身体に戦慄が走る。頭の中心が鈍く痺れ、なにも考えられなくなっていく。恐怖が郁美の身体をがんじがらめにする。

「これはけっこう有名な映像なんだけど、見たことない？」

言葉が出てこない。足下から恐怖が這い上がってくる。

「大丈夫？　顔色が悪いよ」

優衣がそっと郁美の肩に手を置いてくれた。そのおかげで少し気持ちが落ち着いた。

「……でも、こんなにはっきりと映ってるなんて……。カケラ女って本当だったんですね」

郁美が震える声でそう言うと、優衣が首を横に振った。

「いいえ。これは偽物よ」

「えっ？　偽物って……？」

一瞬、頭の中が真っ白になってしまった。緊張が一気にほどけ、口を半開きにしたまま郁美は優衣の顔を見つめた。

「半年後に、この映像を作った本人たちが名乗り出たの。全部自分たちがＣＧで加工して作ったたって。どっかの映像集団らしくて、有名になるためにやったんだって」

拍子抜けしてしまう。

「じゃあ……カケラ女の話は私を怖がらせようとしただけなんですか？」

強烈な恐怖に襲われていたぶん、怒りが込み上げてくる。

「ごめんね。だけど、さっき郁美さんに『陰謀論』って言われたから、ちょっと仕返し。この映像集団も、そのあと、別に目立った活動はしてないのよ。それは、わざと偽物を話題にさせて、それをトリックだ、作り物だと暴いて、ほらやっぱりカケラ女なんて嘘でしょ、って言うのが、そういう組織のやる手口なの」

優衣は早口で蘊蓄をしゃべりつづける。

果たして、そういう組織が本当にあるのかどうかはわからないし、どうでもいい。今は本当のことを知りたいだけだ。

亜弥はいったいどうなったのか？　沙紀と温子の死の真相はなんなのか？　次は自分が狙われるのか？　結局、なんの答えも教えてくれないことに、郁美の心は苛立った。

「私、そろそろ帰ります」

ひとりになるのは不安だったが、それでも自分の怒りを表現しないではいられない。郁美はバッグを抱えるように持って、玄関のほうに向かおうとした。

「待って！　本物のカケラ女を見せてあげる！」

優衣の声に、郁美の足がぴたりと止まった。声の調子がさっきまでとは全然違う。

郁美はゆっくりと振り返った。優衣がほっと息を吐き、パソコンのほうを向いて素早く操作した。

「これを見て」

何度もからかわれるのはいやだ。そう思いながらも、郁美の身体は机のほうに引き寄せられていく。

パソコン画面に表示されている映像は暗くて、画像が粗く、被写体との距離が遠い。よく目を凝らさないと、なにが映っているのか判然としない。

でも、さっきのものとは、そこから漂い出る不吉なオーラが段違いだ。今の郁美には、明らかに、なにか禍々しいものだということが伝わってくる。

その映像は防犯カメラのもののようだ。倉庫の出入り口のほうに向けて設置されている。おそらく夜間の窃盗に備えたものだろう。夜の倉庫ということで、辺りにはまったく人けはない。

フレームの外から女が駆け込んできた。誰かに追われているようだ。倉庫の中に逃げ込もうとして、扉を横に引き開けようとするが、当然、鍵がかかっていて開かない。

そこに遅れて男がフレームインしてきた。女が振り返る。画質は粗いが、その顔が恐怖に歪んでいるのははっきりとわかる。

男は手にナイフを持っている。命乞いをする女に向かって、そのナイフを振り下ろす。女は手で防ごうとするが、腕や頭部を切りつけられ、血が流れ出る。

痛みと貧血のせいだろうか、女がその場に倒れると、男は馬乗りになって、逆手に握り直したナイフを何度も振り下ろしつづけた。

女性が抵抗しなくなってからも、何度も何度もナイフを振り下ろす。

そして、しばらく経ってから男はふと我に返ったように周囲を見まわして、慌てて逃げ出した。

残されたのは血まみれの女性。ピクリとも動かない。あれだけメッタ刺しにされたのだから当然だ。でも、このあと、なにかが起こる予感がして目が離せない。

郁美も優衣も一言も発さずに、じっとパソコン画面を見つめていた。そのとき、街灯が瞬き始めて、夜の闇が深くなった。女の姿が闇に溶け込みそうになり、郁美は目を凝らした。

ピクリと女の手が動いた。と思うと、いきなりむくりと上体を起こした。そして、すっとその場に立ち上がった。まるで首根っこを誰かにつかまれ、引っ張り上げられたかのような不自然な立ち上がり方だった。

「はっ……」

郁美は声をもらして身体を仰け反らせた。その気配を感じたかのように、女はこちらを向いた。苦痛と憎しみに歪んだ血まみれの顔……。じっと睨みつける。防犯カメラを。そして郁美を。

映像がゆらりと揺らめいたと思うと、いきなり画面がブラックアウトした。

「映像はここまでよ。防犯カメラが燃えたらしいの。データはリアルタイムでパソコンに送られてたから、この映像は残ってたそうなんだけど」

優衣が言い、郁美は大きく息を吐いた。肩が痛い。触るとカチカチになっていた。知らないうちに力が入っていたらしい。

「今のは……今のはなんなんですか？」

なんとか声を絞り出した。

「五年ぐらい前の映像なんだけど、これもさっきの映像と同じようにフェイクだって言われてるの」

「嘘！」

思わず郁美は叫んでいた。

「そうよね。私もそう思うの。以前は確信を持てなかったけど、今ははっきりと感じるわ。これは本物だって」

「亜弥さんも、こうやって生き返ったってことですか？」

「わからない。だけど私はそうじゃないかと思ってるの」

身体の後ろ半分が潰れ、卍という形のように手脚が折れ曲がっていた亜弥が蘇る瞬間が、頭の中に生々しく思い浮かぶ。おぞましすぎる。屋上の一件があった翌朝に見た夢は正夢だったのだろうか？

気がつくと、身体がガタガタ震えていた。そんな郁美に、優衣は追い打ちをかける。

「実はね、沙紀さんの殺害現場に腐肉が落ちていたそうなの」

「……ふにく？」

「腐った肉ってことよ。もちろん沙紀さんのじゃない。私、雑誌記者をしている知り合いがいて、その人は警察の裏情報でそのことを知ったそうなの。ニュースにするのは上の判断で止められているらしいんだけど、DNA鑑定では人間の腐肉だったみたい。もしもそれが亜弥さんのDNAと一致したら……」

「亜弥さんは行方不明なだけだから、DNA鑑定なんかしてないですよね？」

「そうね。今のところは。私としては、真実を知るためにもしてほしいんだけどね。絶対に亜弥さんのDNAと一致するはずよ。それにね。温子さんの部屋に入ったときに漂っていたあの匂いを嗅いで感じたの。これは肉が腐っていく匂いだって。でも、部屋の中を見まわしても、匂いのもとになりそうなものは見当たらなかった。たぶんあれは、カケラ女に寄生された亜弥さんがすぐ近くにいた匂いなのよ」

確かにすごい異臭がしていた。

「だけど、人間の身体ってそんなに早く腐るものなんでしょうか？　今は気温もそんなに高くないのに……」

「そう。そこが重要なのよ。カケラ女って、死んだ女に寄生して、その人が抱いている恨みを晴らすらしいんだけど、死んだ人間が動きまわるなんて自然の摂理に反したことをしているせいか、普通の何倍ものスピードで腐敗していくそうなの。そうやって腐っていくに連れて、カケラ女の不思議な力も薄れていくって言われてるんだけど……。そして、最終的にその肉体が完全に滅んでしまったらカケラ女の力もなくなって、また小さなカケラになって……また風に飛ばされるか鳥に運ばれるかして……運良く太陽の光に当たらない場所に落ちれば、そこでカラカラに干涸びていって、次の宿主が現れるのをじっと待っているの」

想像しただけで全身が総毛立つようなおぞましさを感じた。だが優衣の顔は頬が紅潮し、この状況に興奮しているように見える。郁美に質問され、それに対して自分の考えを話すのが楽しくてたまらないといった様子だ。それはオカルト・オタクの性《さが》なのだろうか。

そう。優衣はオカルト・オタクなのだ。郁美はいつの間にか、完全に信じ込んでいたことに気がついた。小さく息を吐いてから、優衣に訊ねた。

「今の話、本当ですか？」

「さあ、どうかしら」優衣は頭を振った。「ただの都市伝説だから。信じる信じないはあなた次第ってやつよ」

優衣が言うとおり、これは単なる都市伝説。オカルト好きな人たちが勝手に語り合っているだけの作り話なのだ。なにを怖がっているのか。郁美は自分の愚かさに苦笑した。

「ねえ、郁美さん。最近、なにか変わったことはない？　なんでもいいの。あったら正直に言ってちょうだい」

優衣が唐突にそんなことを言った。

変なことといったら、いろいろあった。ベッドの中に大量の枯れ葉が落ちていたのもそうだが、もうひとつ、気になることが……。

「……蜘蛛」

郁美の口から出た言葉に、優衣がピクンと反応した。

「蜘蛛？」

「そうです。最近、部屋の中に蜘蛛の巣がよく張ってあったりして……。以前はそんなことはまったくなかったんですけど。それに温子さんの家に行ったときも、天井の隅に蜘蛛の巣が張ってました。すごく立派な家なのに……って思ってたら、帰るときにはもっと増えてて……。優衣さんは気づいてなかったようですけど、まるで優衣さんの後ろを追いかけるように蜘蛛の巣がどんどん増えていって……」

そこまで言って、郁美は言葉をとめた。優衣の様子がおかしい。可愛い顔がみるみる青ざめていく。

「それ、気づかなかったわ。私、オカルトが好きなのに、全然霊感とかなくて……」

ひとりごとのようにそうつぶやくと、優衣はふらりと立ち上がった。

「優衣さん、どうしたんですか？」

郁美の問いかけには答えずに、優衣はドアを開けて廊下に出ていく。わけもわからないまま、郁美もそのあとにつづいた。優衣は廊下の突き当たりのドアのノブに手をかけた。

その向こうはリビングだろうか？　優衣はドアをゆっくりと引き開けた。

暗い部屋の中に、廊下の明かりが差し込む。それがダイヤモンドダストのようにキラキラと光る。どうしてこんなにきれいなんだろうと思ってよく見ると、その部屋の中には蜘蛛の巣が天井から床まで隈無く張り巡らされていた。

「いくら掃除をしても、すぐにこうなっちゃうの。家中、どこもかしこもよ」

玄関の前で待たされたのは、そのあいだにさっきの部屋だけでも蜘蛛の巣をきれいに取り払うためだったようだ。

「郁美さんの場合は、まだここまでひどくないのよね？」

郁美は無言でうなずいた。優衣が落胆したように深いため息をついた。

「ということは、やっぱり私のほうが順番は先ってことね。私だってあんなことになるなんて思ってもいなかったのに……。ただ沙紀さんに言われて屋上に行っただけなのに……」

確かに郁美の部屋には、まだここまで大量の蜘蛛の巣が張っていたことはない。だが、それも時間の問題だという気がした。犯した罪の重さ順に復讐されているのだとしたら、沙紀、温子、優衣、郁美という順番になるのは理解できる。

「でも、どういうことなんですか？　カケラ女と蜘蛛の巣って、どういう関係があるんですか？」

さっきは、なにをバカなことを言ってるんだろうと呆れたが、今はもう優衣のオカルト・オタクとしての知識に頼るしかない。

「わかんないわ。こんなの、今まで読んだどの本にも書かれてないもの。すごいレアケースよ」

そう言いながらも、優衣は少しうれしそうだ。書かれていないということは新発見ということになる。自分の身に降りかかる怪奇現象さえも、オタク心を刺激するものなのかもしれない。

案の定、優衣は頬を紅潮させながら話し始めた。

「これも私の仮説だけど……。カケラ女が亜弥さんに寄生するときに、蜘蛛も一緒に体内に取り込まれちゃったんじゃないかな。だから生き返った亜弥さんは蜘蛛と一体化しちゃったのかも」

そんなことがあるわけがない。そう思ったが、それならカケラ女なんて存在もあるわけがない。では、優衣の推理を信じるか？　今の郁美は、信じないではいられない。

揺れ動く郁美の心を気にすることなく、優衣はどことなく楽しげな様子でカケラ女に対する自分の考えを、さらに披露しつづける。

24

部屋の中には煙が充満していた。チベットから取り寄せた、魔除けのお香の煙だ。甘い香りがずっしりと部屋の底に溜まっている。

魔法陣が描かれた絨毯の中央で郁美と向かい合って座り、明け方までふたりでいた。そのあいだ、紺野優衣はほとんど一方的にカケラ女の都市伝説について、そしてカケラ女の弱点について話しつづけた。

郁美は真剣な顔で聞いてくれた。最初は半信半疑だったようだが、彼女も身の回りに奇妙なことがつづいていたようだし、それに蜘蛛の巣まみれになったリビングを見て尋常ではないことが起こっていると理解してくれたようだった。

修聖女子大学附属高校に入学して以来、優衣はオカルト・オタクであることを隠して生きてきた。だからリアルに対面で、他人に対してオカルト知識を披露する機会などまったくなかった。その機会を得ることができたことをよろこび、優衣はとにかく話しつづけた。

すると、郁美がそわそわし始めたのを感じた。以前から思っていたことだが、郁美は霊感があるようだ。迫り来る危険を察知しているのかもしれない。

残念ながら優衣には霊感はない。でも、郁美が霊感少女だとしたら、優衣はオカルト・オタクだ。カケラ女に対峙する術もある。本棚に置かれたデジタル時計が朝の六時を表示したとき、優衣は言った。

「あら、もうこんな時間。ごめんなさいね。勝手にしゃべりつづけて」

「いえ。そんなことは……」

「もうそろそろ寝ようと思うんだけど、郁美さんは……」

そこで間を取る。優衣の意をくんだ郁美が、ハッとしたように言う。

「あ、すみません。長居しちゃって。私、そろそろ帰ります」

「そう？　もう電車は動いてるかな？」

「はい。もう動いてるはずです。でも、優衣さんは……」

ひとりで大丈夫ですか？　と訊ねたいのがわかった。

本当なら郁美に泊まっていってもらいたかったが、次に狙われるのはおそらく優衣だ。オタクとしての知識を武器に立ち向かうつもりだったが、どういう結果になるかわからない。

郁美を危険に巻き込むのはいやだった。とりあえずカケラ女について知っていることは全部話した。それが遺言になるのかどうかは、自分次第だ。

優衣は郁美の心配には気づかないふりをして、あくびをしてみせた。その危機感のなさに、郁美は少し拍子抜けしたようだった。

そうそう変なことは起こらない。都市伝説について熱く語られたから、奇妙な気分になっているだけだ。郁美はそう思い込もうとしているように感じられた。

もっとも、そんなのは希望的観測にしか過ぎないのだが……。

玄関のドアを開けると、外廊下はもう明るくなっていた。さわやかな朝日に照らされて、さっきまで感じていた禍々しい気配も、まるで悪い夢だったかのように消えている。

玄関から押し出すようにして郁美に言った。

「じゃあ、郁美さん、おやすみなさい」

「……優衣さん、私、やっぱり――」

郁美が振り返り、部屋の中に戻ろうとする。

「大丈夫よ。私には考えがあるの」

郁美の言葉を遮るように言い、優衣はドアを素早く閉めて鍵をかけた。金属製の重い扉の向こうで、郁美が息を吐く気配がした。

じっとこっちを見ているようだ。でも、しばらくすると、あきらめたように立ち去る足音が聞こえた。

オタク部屋へ戻ろうとした優衣は、ドアの前で立ち止まった。薄い板の向こうから微かに腐敗臭が漂ってくる。それはもう、お香の匂いでは隠しきれない。

いいのよ。これは賭けだから。

思い切ってドアを開けると、部屋の天井付近に大量の蜘蛛の巣が張っていた。郁美を見送るために、ほんの少し離れただけなのに……。

優衣は傘を使って部屋の中に張った蜘蛛の巣を取り払おうとした。

昨夜までは、そうやってきれいに掃除をすることができた。でも、今はダメだ。取り払った瞬間から、また新しい蜘蛛の巣が増殖していく。

ただ、その糸を吐き出している蜘蛛の姿は見えない。そのことが、これが普通の蜘蛛の巣ではないことを物語っている。

もう、すぐそこまで来ているらしい。いや、すでに夜が明けているので、優衣の知識が正しければカケラ女は外をうろつくことはできないはずだ。ということは、すでにこの部屋の中でタイミングをうかがっていたようだ。

それなら自分もタイミングをうかがうだけだ。優衣は部屋の中央に座り込み、蓮華座を組んだ。目を半眼に閉じ、呼吸を整える。

天井付近に張っていた蜘蛛の巣が徐々に下のほうまで増殖してくるのを感じた。すぐに優衣の全身が蜘蛛の糸まみれになっていく。

そのとき、頭上でなにかが動いている気配を感じた。張り巡らされた蜘蛛の巣が、そいつの動きに合わせて揺れている。

「……亜弥さん？　亜弥さんなの？」

身体を捻って後ろを見ようとするが、頭も蜘蛛の糸に搦め捕られていて振り返ることもできない。やはり普通の蜘蛛の糸ではない。

気配は自由に蜘蛛の巣を移動して、徐々に優衣へと近づいてくる。

なにかが聞こえた。つぶやき声だ。

「憎い……。憎い……。憎い……」

奥歯をギリギリと嚙みしめながらつぶやいているかのような声。それは確かに「憎い」と繰り返している。

「亜弥さんなのね？　私は知らなかったの。あの日、屋上に行ったのは沙紀さんに来るように言われたからで、あんなことになるなんて思いもしなかったの。あれは事故だったのよ。許して」

不意に動きが止まった。呼吸の音はすぐ後ろで聞こえるが、なにもしてこない。ひょっとして、話せばわかるのだろうか？

優衣は勢い込んで言葉をつづけた。

「ねえ、亜弥さん。あなた、カケラ女に寄生されてるだけでしょ？　何人も殺したりして、こんなの亜弥さんの意思じゃないはずよ。ねえ、目を覚まして！」

だが、亜弥――カケラ女は、そんな言葉になびくことはない。

「憎い……。憎い……。憎い……」

つぶやき声が、徐々に大きくはっきりしていく。蜘蛛の糸がたわむ。ぽたりとなにかが優衣の手の甲に落ちた。黄色みを帯びた粘液……。それは猛烈な腐臭を放っている。亜弥の肉体が腐りつつあるのだ。

蜘蛛の巣が揺れるのと合わせるように、ぼたりぼたりと腐肉が優衣の上に落ちてくる。

亜弥さんの身体はすごい勢いで腐っていってるんだわ。カケラ女は恨みを残して死んだ女に寄生した瞬間から、普通以上のスピードで腐敗していくというあの話は本当だったのね。

優衣はその瞬間だけ、事実を知ることができたよろこびに恐怖を忘れた。だが、そのことに腹を立てたように、亜弥の気配がすぐ近くまで迫り、吐息が頬をくすぐった。

見たい……。でも見たくない……。でも、やっぱり見たい……。

眼球だけを動かして横を見た瞬間、ほんの数センチのところで亜弥と目が合った。その黒目は白く濁り、白目の部分は黄色く変色していた。そして、亜弥は口から腐敗臭を吐き出しながら言った。

「許さない……。私の人生をむちゃくちゃにしたおまえを許さない。憎い……。憎い……。憎い……」

悲鳴を上げそうになった。その口にしゅるしゅると蜘蛛の糸が束になって入り込もうとする。カケラ女の意識がそちらに向かっている隙に、優衣は身体を横にずらして魔法陣の絨毯に開いた小さな穴からほんの少し飛び出していた紐をつかみ、力を込めて引っ張った。

絨毯が浮き上がり、紐がピンと張る。その先は本棚の上につながっていた。さらに力を込めると、本棚が揺らいだ。そしてゆっくりとこちらに倒れてくる。

オタク知識を詰め込んだ本棚は重く、カケラ女が張り巡らした蜘蛛の糸をブチブチと引きちぎる。

大きな音を響かせながら倒れ込んだ本棚は、優衣の身体をかすめた。皮膚が裂ける痛みがあったが、悲鳴を上げたのは亜弥だった。

本棚が倒れたことによって、それまで塞がれていた東向きの窓が露わになった。そこから強い朝日が部屋いっぱいに差し込んでくる。

暗闇からあぶり出された亜弥の姿を見て、優衣は息を呑んだ。まさかこんなことになっているとは……。その醜すぎる姿に、嫌悪と同時に哀れみの感情を抱いた。

亜弥は奇妙な声を発しながら床の上を転げまわった。屍蠟のようにぬらりとした白い肌が、プツプツと水ぶくれになっていく。

本当だったんだわ！　カケラ女が太陽の光に弱いっていうのは本当だったんだわ！　変わり果てた亜弥の姿に衝撃を受けながらも、自分の知識が正しかったことがうれしくてたまらない。

でも、そのよろこびは一瞬だった。蜘蛛の糸が一気に量を増していき、窓を完全に塞いでしまう。陽射しが徐々に黒く塗りつぶされていき、すぐに部屋の中は真っ暗になった。

「許さない……。憎い……。憎い……」

亜弥のつぶやきが頬をくすぐる。

「いやよ、許して！」

優衣はとっさに立ち上がり、窓に体当たりした。ガラス窓をぶち破ろうとしたのだ。それが四階の窓であっても構わなかった。目の前に迫る恐怖に比べれば、転落死することなどたいしたことではなかった。

だが、優衣の身体はやわらかな蜘蛛の糸のクッションに受け止められてしまった。

しかも、蜘蛛の巣にかかった虫のように身動きができない。

暗闇の中、ノートパソコンのスクリーンセーバーが発する光がぼんやりと部屋の中を照らす。

首筋になにかが触れた。亜弥の手だ。濡れているのか、それ自体が液体化しつつあるのか、冷たく、粘ついた感触。その指先から蜘蛛の糸がしゅるしゅると吐き出され、優衣の顔を覆い始める。

ああ、もうダメだ……。オタク知識はなにも役に立たなかった。優衣は自分の死を覚悟した。都市伝説の一部になれたことが、少しうれしかった。それでもまだ死を受け入れることはできない。

「誰か！　助けて！」

叫ぶために大きく開けられた優衣の口の中に、大量の蜘蛛の糸が入り込んでくる。

「うぐ……うぐぐぐ……」

気道が塞がれ、空気が入ってこない。苦しくて呻きながらも、どうすることもできない。蜘蛛の糸でがんじがらめにされ、身体の自由が奪われた状態で、たっぷりと恐怖を味わわされながら、優衣はゆっくり……ゆっくり……窒息していくしかなかった。

その耳元には、まるで呪文のようにつぶやきが繰り返される。

「憎い……。憎い……。憎い……。憎い……。憎い……」

25

郁美が優衣の部屋から帰宅したのは、すでに街が一日の活動を完全に始めてからだった。

精神的にも肉体的にも疲れていたが、亜弥のことが……いいや、カケラ女のことが気になり、とても眠れそうにはなかった。

受験のときに、緊張のあまり不眠症になったことがあった。その際に病院で処方してもらった睡眠導入剤が残っていたので、それを飲んでなんとか眠ることができた。

ただ、少し量が多すぎたようだ。

期待していた以上に深い眠りに落ちてしまい、郁美が目を覚ましたときには、部屋の中はもう真っ暗になっていた。

身体を起こして、リモコンで部屋の照明をつけた。全身が痛い。フローリングの床の上で、毛布にくるまった状態で眠っていたためだ。

あの日——布団の中に枯れ葉が溢れかえっていた日から、ベッドで眠る気にはなれなかった。

優衣はどうしただろう？「私には考えがあるの」とつぶやいた優衣の顔が思い出された。連絡してみようと思い、郁美はスマホを手に取った。

その瞬間、またゾッとするような感覚に襲われた。最近はスマホに触れる度に鳥肌が立つような感覚に襲われるが、スマホなしで生活することはできない。

『昨日はどうもありがとうございました。優衣さん、大丈夫でしたか？』

ＬＩＮＥでメッセージを送ったが、なかなか既読にならない。なにか他のことをしていて着信音に気がつかないのかもしれない。

気がかりな思いを抱えながらスマホを見つめていると、画面にニュース速報が通知された。何気なくその通知をタップしてみると、動画の再生が始まった。見覚えのある光景がスマホの画面に映し出される。それは今朝までいた優衣のマンションだった。

　全身の血管が収縮するような感覚に襲われ、耳の奥がきーんと鳴った。その音が徐々に消えていくのと入れ替わりに、アナウンサーの声が頭の中に入ってきた。

『本日、午後五時半頃、紺野優衣さんの部屋の前を通りがかった同じマンションの住人が、微かに開いていたドアの内側から強烈な腐敗臭がすることに気づき、警察に通報しました。駆けつけた警官が部屋の中を調べると、すでに息絶えていた紺野さんを発見。死因は窒息死と見られるということです。紺野さんは修聖女子大学の二年生で、先日通り魔に襲われて亡くなった椎名沙紀さんや同じように自宅で変死体として発見された中森温子さんとも面識があったということです。警察はその二件の変死事件とのつながりも視野に、捜査を進めているということです――』

　腐敗臭……？　郁美は今日の朝まで優衣と一緒にいた。優衣が殺されたとしたら、そのあとだ。今は十一月で、もうかなり寒い。いくらなんでも、そんなに早く死体が腐るとは思えない。

　なら、その腐敗臭のもとはなにか別のものだ。沙紀の殺害現場には腐肉が落ちていたということだ。温子の部屋にも腐敗臭が漂っていた。やはり三人を殺したのは同一人物なのだろうか？　だとしたらそれは亜弥……カケラ女だとしか思えない。

そして、あの日、亜弥の他に屋上にいた四人のうち、三人が死んだ。残るのは郁美だけだ。もう絶対に偶然であるわけがない。これは亜弥の復讐だ。そして、次の獲物は……。

「次は私だ……」

背後でなにかが動いたように感じて郁美は勢いよく振り返った。タンスと天井のあいだに蜘蛛の巣が張られていた。まるでさっきまでそこになにかがいたかのように、蜘蛛の巣は微かに揺れている――。

26

まだ睡眠導入剤の効き目が残っているのか意識がぼんやりとしていたが、郁美はスマホを操作して、その中の世界へと逃げ込んでいった。

流れ作業のように、自分のインスタグラムを開く。そこには郁美を褒め称え、勇気を与えてくれる言葉が並んでいるはずだ。

昨日、優衣の部屋に行く前に、郁美が恐怖に耐えながら笑顔で自撮りした画像には、どういうわけか、いつもよりも一桁多いコメントがつけられていた。
まるで郁美の不安な気持ちを察して、励ましてくれているかのようだ。胸の奥が温かくなる感覚を覚えながら、郁美は自分に寄せられたコメントに目を通し始めた。
《同じ大学の学生が三人も死んでるのに、よく笑っていられるな》
《水谷亜弥がいなくなった席に座ろうと思っても無駄。器が違うから》
《ゴリ押しされて調子に乗ってんじゃないよ！　ブス！》
《運営のやつと寝たんだろ？　恥ずかしくないの？》
「な……なんなのこれ？」
郁美は信じられない思いに突き動かされながら、スマホの画面を指で上にスクロールした。
スクロールしてもスクロールしても、そこに現れるのは昨日までの好意的なコメントではなく、郁美を罵り、その存在を否定しようとする誹謗中傷ばかりだった。
前回見たときは、こんなではなかった。一日で風向きが完全に変わってしまっていた。
「これって炎上……っていうやつ？」
まさか自分の身に降りかかるとは思わなかった。でも、どうして？

《ステマなんかやってんじゃねえよ》

多くの誹謗中傷の中に紛れたそんなコメントが目にとまった。

「……ステマってどういうこと？」

すでにまとめサイトができているらしく、わざわざそのアドレスが張り付けてあった。見てはダメだ。傷つくだけだ。わかっていても、指はそのアドレスをタップしてしまう。

そこには、郁美に対する絶賛の投稿は神崎が金を払って書き込ませていたものだと告発されていた。依頼された人物のひとりがミスをして、知人あての個人的なメッセージをSNSに投稿してしまったのだった。

それは、郁美を賞賛するツイートを一回すれば百円を受け取れるというバイトがあるという内容だった。ただし、アカウントを作ったり、偽装のためにその他のツイートを何個かしたりしなければならなくて、それほどわりがいいバイトでもないと愚痴っていた。

それを見つけたネット民がスクリーンショットを撮り、拡散したのだった。

しかも、運営の責任者である神崎と郁美の関係を詮索するツイートが大量にあり、みんなのあいだでそれが既成事実だと認識されてしまっていた。

そこにはふたりが親密になった時期に関してなど、やたらと詳しく書かれていて、いわゆる『中の人』が情報をリークしているとしか思えない。

神崎との関係が公になったことで、それまで郁美に好意的だった男たちも《なんだよ、処女じゃないのかよ》《騙された〜》《よく見れば性悪そうな顔をしてるよな》と騒ぎ始めて、一気に大炎上してしまったようだ。

神崎とのことはほぼ事実だったが、ステマに関しては身に覚えはない。みんなが自分を評価してくれたと信じ込んでいた。事実がどうなのか確かめたくて、郁美は神崎に電話をかけた。

数回コールがつづいてから、神崎の声が聞こえた。

『どうした？』

無愛想な声。いつもとはまったく違う。SNS上の反応だけではなく、神崎との関係も一日で変わってしまったように感じた。

それでも郁美は暗転する前の過去にすがりつくように言った。

「大変なんです。ネットで……ネットで私のことが炎上してて」

『炎上？』

「ゴリ押しだとか、ステマだとか……。それに私と神崎さんの関係もバレてて……」

うまく説明できない。ただ、印象的なワードを並べたてた。黙って聞いていた神崎は電話の向こうでため息をつき、短く言った。

『わかった。あとでこっちから連絡するよ』

一方的に電話を切られた。あとって何分後？　そう訊ねたかったが、電話はもう切れていた。

郁美はまたインスタグラムを開いてしまう。さっきよりもさらにコメントが増えていた。それはどれもが郁美を非難し、軽蔑し、罵倒するコメントだった。大勢の人間の悪意のサンドバッグにされている……。見てはいけないと思いながらも、その小さな画面から目を離すことができない。

涙が込み上げてくる。感情の留め金が壊れてしまった。

カケラ女の影に怯えていた郁美を支えてくれていた唯一の存在が、今では郁美を攻撃する最大の存在になってしまっていたのだ。

27

家にいたら、きっと警察が来るはずだ。郁美は今朝まで優衣の部屋にいたのだから。そのことはちょっと調べればわかるだろう。ひょっとしたら容疑者にされてしまうかもしれない。

もしも取り調べなどされたら、郁美は旧校舎での亜弥の一件を黙っている自信はなかった。

カケラ女という超自然的な恐怖と、逮捕されるという現実的な恐怖、それにインターネット上の炎上という、生きている人間の憎悪の感情をぶつけられる恐怖に耐えながら、郁美は部屋の隅で震えていた。

いくら待っても神崎からの折り返しの電話はなかった。結局、待ちきれずに郁美のほうから電話をかけた。

聞こえてきたのは『おかけになった電話は電波の届かない場所にあるか、電源が入っていないためかかりません』というアナウンスだった。

なにかトラブルがあったのだろうか？　自分のインスタグラムの炎上と関係がある

のかもしれない。そう思うと、じっとしていられない。

日の暮れた外に出るのは怖かったが、ひとりで部屋にいるのも同じように、いや、もっと怖い。それに神崎のことも気になる。自分のことが原因で困った状況になっているなら、なにか手助けをしたい。なにもできないかもしれないが、それでも神崎のそばにいたい。

郁美はアパートの部屋を飛び出した。駅までは徒歩で十五分以上もかかる。家賃が安かったから、少しぐらい不便な場所でもかまわないと思ってそこに決めたが、今はそのことを後悔していた。

家と駅のあいだには大きな公園があり、その中を突っ切っていけば、五分ほど時間を短縮することができる。公園は、明るい時間ならまだ主婦が子供を遊ばせていたりするが、日が暮れると人の気配はまったくなくなる。

樹木の手入れはあまりされておらず、まるで都会にできた樹海のような不気味な雰囲気の公園なのだ。普段なら絶対に夜は足を踏み入れないのだが、今は少しでも早く神崎に会いたい思いから、郁美はその公園の中を突っ切っていくことにした。

公園の中は想像していた以上に暗かった。以前にも何度かこの時間帯に通ったことがあったが、そのときはここまで暗いと感じなかった。今の自分の心理状態のせいなのかもしれない。

両側から覆い被さってくるように伸びた木の枝の下の遊歩道を、郁美は足早に歩いていた。後ろからなにかが追ってくるような気がする。その気配は徐々に大きくなってくる。いつしか郁美の歩みは早足から小走りに変わっていた。

そのとき、なにかが郁美の顔をそっと撫でた。

「いや！」

悲鳴を上げて、郁美は反射的にそれを手で払った。足を止め、振り返った先には誰もいない。手を見ると、蜘蛛の巣らしきものがまとわりついていた。

普段なら、な～んだ蜘蛛の巣か、と安堵するところだが、今は違う。

頭の中には、優衣の部屋で見た光景が思い出された。部屋の中全体が蜘蛛の巣だらけになっていた。そのときに優衣が語っていた推論。

「カケラ女が亜弥さんに寄生するときに、蜘蛛も一緒に体内に取り込まれちゃったんじゃないかな。だから生き返った亜弥さんは蜘蛛と一体化しちゃったのかも」

そんなことがあるわけがない。でも、あの動画……。防犯カメラに映っていたあの映像は本物に見えた。わからない。なにが本当かわからない。ただ、恐怖だけが郁美を飲み込んでいく。

不意に、背後に人の気配を感じた。勢いよく振り返ったが、そこには誰もいない。左右に樹木が黒い影を作っていて、曲がりくねった遊歩道には等間隔に街灯が並んでいる。そして、その弱々しい光に照らされた自分の影が道に伸びているだけだ。

気のせいだ。カケラ女なんて、ただの都市伝説。沙紀さんのことはただの通り魔だし、温子さんは罪の意識に苛まれた自殺だし、優衣さんのことも……きっと……きっと……。全部、ただの偶然に決まってる。

そう心の中で自分に言い聞かせて、郁美は駅のほうに向かってまた歩き始めた。早く神崎に会いたい。そして自分のこの気弱な想像を笑ってもらいたい。

そのとき、雑木林のほうからガサガサと雑草を踏みつける音が近づいてきた。暗闇の中に足音を響かせながら、すごい勢いで近づいてくる。

ふわっと内臓が浮くように感じた。振り返ってその音の源を確認する勇気はない。とっさに郁美は夜道を走り始めた。足音が追ってくる。背の低さを気にしてヒールの高い靴を履いてきたことを後悔した。

うまく走れない。ヒールが折れて、郁美はその場に倒れ込んだ。足音がすぐ後ろまで迫り、ぴたりと止まった。

郁美は身体を硬くした。後ろで苦しげな呼吸音が聞こえる。生臭い吐息が頰にかかりそうなほど近くだ。そこにいるのは亜弥なのだろうか？　本当にカケラ女に寄生された亜弥なのだろうか？

恐怖に震えながら、郁美はゆっくりと後ろを振り返った。薄暗い闇の中になにかが動くのが見えた。

その瞬間、顔に液体がかかった。濡れた部分が、一気に熱くなった。悲鳴を上げて、郁美は反射的に自分の顔を両手で覆った。手のひらがぬるりと滑る。

「え？　なに？」

顔が焼け爛れ、皮が剝けてしまっているのがわかった。同時に手のひらにも激痛が走る。

顔が溶けていく……。

「顔……。私の顔が……」

痛みよりも、顔が溶けていくということで気持ちが動転した。戸惑いの声が、すぐに叫びに変わっていく。

「いや！　いやー！　いやー！」

道路に座り込み、郁美は振り絞るようにして全身で悲鳴を上げた。

こちらに駆け寄ってくるふたつの足音が聞こえた。

「どうかしましたか？」

男の声が訊ねる。その声につづいて女の声が聞こえた。

「うわっ、顔がひどいことになってるじゃないですか。今、救急車を呼びますね」

まだ目を開けることはできない。郁美はただ悲鳴を上げつづけた。

28

郁美は右目だけで天井を見つめていた。顔には包帯が巻かれている。顔の左半分が焼け爛れていたためだ。

昨夜、公園で顔にかけられた液体は硫酸だったらしい。

とっさに目をつぶったおかげで、左目も失明することはないものの、火傷の痕は一生残るだろうとのことだった。

痛み止めを打っているために特に痛みは感じないが、それでも顔の左側半分の皮が引きつっている違和感があった。その感覚が、今の自分の顔の状態を容易に想像させる。

たまたま公園内にいたカップルが悲鳴を聞いて駆けつけてくれた。そのときには郁美は夜道でひとりうずくまっていて、まわりに人の気配はなかったらしい。

警察は念のためにそのふたりを調べたが、硫酸を入れておくような容器は持っていなかったし、郁美が悲鳴を上げたときには少し離れたところのベンチに座っているのを他の人物に目撃されていたために、犯人ではないということがはっきりしていた。

警察は捜査をつづけてくれているということだが、公園内には防犯カメラはなく、今のところ怪しい人物の目撃情報もないということだった。

ただ、場所は違うが、ここ数日のあいだに同じ修聖女子大学の学生——椎名沙紀が通り魔に襲われて亡くなり、同じく中森温子が、そして前日には紺野優衣も自宅で変死していた。

警察は同一犯の可能性も含めて捜査をしているということだった。

……同一犯？　でも、もしもこれが亜弥さんの仕業だったら、警察なんかに捕まえられるわけがない。郁美は包帯の下で卑屈な笑みを浮かべた。

ただ、刑事の話しぶりによると、郁美も沙紀たちの事件の容疑者のひとりと考えられていたようだ。それが被害者になったために警察の容疑者リストからはとりあえず外されたらしかった。

旧校舎でのことがあったので警察とはあまり関わりたくない。郁美はショックのせいを装って、ほとんどなにも話さなかった。それが功を奏して、事情聴取はもう少し郁美の精神が落ち着いてからということで刑事たちは帰って行った。

郁美が顔に硫酸をかけられたことは、当然、田舎の両親にも連絡がいっていた。すぐに駆けつけようとした両親だが、郁美は電話で「来ないで」と強く言った。ミスコンに出場することを伝えたときによろこんでいた両親に、自分のこんな姿を見られたくなかった。それでもきっと来るだろう。今頃、東京に向かう新幹線に乗っているはずだ。気が重かった。

郁美は右目だけで天井を見上げながら、考えた。

自分を襲った悲劇は、沙紀たちを襲った惨劇とはまったく違う。いかにも人間がやりそうなことだ。警察の言うように同一犯——亜弥の仕業とは思えない。では誰が？　ひょっとして……。

思い浮かぶのは恵里奈の顔だ。

神崎が恵里奈と電話で話しているとき、郁美のスマホに母親から電話がかかってきて、着メロ——『愛のロマンス』が流れた。どうやらあの日、恵里奈も来ることになっていたというのは、郁美を呼び出すための神崎の嘘だったようだ。

それなら、あの着メロを聞いた恵里奈は、神崎と郁美が自分に隠れてこっそり会っていることに気づいたはずだが、それ以降、顔を合わせてもなにも言われなかった。怒りと嫉妬の感情をずっと胸のうちに秘めていたのかもしれない。

お姫様のように生きてきた恵里奈が、自分の恋人を寝取り、さらにはミス修聖女子のタイトルを脅かそうとする郁美の存在を快く思っているはずはない。恵里奈自身が手を汚すことは考えにくいが、恵里奈のためならなんでもするというシンパは何人もいるはずだ。

たった一言、「あの子、感じ悪いわよね」と恵里奈がつぶやけば……。

ギリッと奥歯を噛みしめると、顔に痛みが走り、郁美はシーツを握り締めた。

そのとき、ノックの音が病室内に響いた。両親が到着したのだろうか？　憂鬱な気持ちが胸の奥から込み上げてくる。

じっとドアを見つめる。だが、ドアは開かない。郁美が返事をするのを待っているらしい。両親はそんなデリカシーがあるタイプではない。

では、そこにいるのは誰？

心臓が激しく鼓動を刻み、その音が耳の奥に反響する。そこにまた硬い音——ノックの音が響いた。

郁美は狭まる喉を震わせて、ドアに向かって言った。

「……どうぞ」

吊り扉が音もなく横にすーっと開いた。郁美は「はあぁ……」と大きく息を吐いた。全身の力が抜けるのを感じた。

そこにはクラスメイトの新井花音と堀内早苗が不安げな表情で立っていた。花音が声を絞り出すようにして言う。

「郁美……。大丈夫？」

「ニュースを見て、びっくりしちゃった」

顔に包帯を巻いた郁美を見て、早苗が痛々しげに眉をひそめた。

郁美は思わず顔を背けてしまった。こんな姿は見られたくなかった。

「今はまだ大変なときだろうから、お見舞いはやめとこうかと思ったの。でも、花音ちゃんがどうしてもお見舞いに行きたいって言うから来たんだけど、迷惑じゃなかったかな？」

早苗が遠慮がちに訊ねた。

ふたりは東京に来てから初めてできた親友だ。以前は学校内でも学校外でも常に一緒に過ごしていた。最近は疎遠になっていたが、こういうときには一番に駆けつけてくれる。やはり親友はありがたい。

それに花音は相変わらずすっぴんだし、早苗は妊婦のような服装だ。なにも変わっていないことが、郁美の気持ちを安心させた。

「うん。ありがとう。ふたりが来てくれてうれしいよ」

郁美の言葉を聞いて、花音と早苗がほっとしたように息を吐いた。

花音がベッドサイドに歩み寄って、郁美を見下ろしながら訊ねる。

「火傷の具合はどう？」

まるで自分が硫酸をかけられたかのような、つらそうな顔をしている。

「うん。まあ……」

そう答えるしかない。かなりひどいみたい。一生、痕が残るの、と口にしたとたん、自分の未来が完全に途絶えてしまうような気がしたのだ。

早苗も郁美を見下ろし、憤りを抑えきれないといったふうに言う。

「ひどいことをするやつがいるね。犯人はまだ捕まってないんでしょ？」

その様子に、郁美は胸の奥が熱くなる。

「うん。警察は近くの防犯カメラとかを調べてくれてるみたいだけど……」

「そ、そうなんだ……。早く捕まるといいね」

花音が柄にもなく弱々しく言った。

「どうだろ……。公園の中には防犯カメラなんかないみたいだし……」

犯人が捕まっても、自分の顔は元には戻らないのだ。郁美の声は暗く湿っぽくなってしまう。

それでも気の置けない友達と一緒にいると、それまでの緊張の糸が切れて涙が溢れてくる。ただしそれは、包帯に覆われていない右目からしか流れ出ない。

「やめてよ、郁美。泣いたりしたら、こっちまでもらい泣きしちゃいそうじゃない」

花音がくるりと背中を向けて、持ってきた花を花瓶に生けてくれた。

ふたりと一緒にいると、ここ数週間の出来事がただの悪夢だったように思えてくる。あの頃に戻りたい。まだなにも起こっていなかった、ごく平凡な女子大生だったあの頃に……。

そのとき、また扉をノックする音がコンコンコンと聞こえた。郁美はハッとして扉を見つめた。喉が狭まり、声が出ない。代わりに早苗が返事をした。

「どうぞ」

扉がすーっと横に開いた。そこには知らない若い女性ふたりの姿があった。いや、見たことはある。彼女たちは郁美と同じ修聖女子大学に通う女子大生だ。でも、言葉を交わしたことはない。

ふたりとも花音たちとは違ってきれいに化粧をし、流行のファッションに身を包んで、見るからにリア充感を出している。

入院着姿で顔に包帯を巻いている自分が急にみすぼらしく思え、忘れていた劣等感が蘇ってくる。そんな郁美の横で、花音と早苗も緊張した顔つきで肩を寄せ合っている。

「麻丘郁美さんね？　この度は大変なことでしたね」

そんな当たり障りのないことを言いながら病室に入ってくる。そして彼女たちが左右に分かれると、その後ろから恵里奈が現れた。

その瞬間、病室が一気に明るくなったように感じた。まるで今まで切れかけの蛍光灯の下にいたのを、いきなりＬＥＤライトを何個も一斉に灯したかのようだ。郁美はその光のまぶしさに呼吸が苦しくなってしまう。

女たちは恵里奈の新しい取り巻き——沙紀と温子と優衣の代わりだ。そして、郁美の代わりでもある。そのことに気がついた。

病室の隅に後ずさった花音と早苗に視線を向けることなく、恵里奈はベッドに駆け寄ってきた。

「郁美さん、大丈夫だった？　怪我をしたって聞いて、驚いて飛んできたの」

大きな瞳に涙を溜めながら、包帯が巻かれた郁美の手をぎゅっと強く握り締めた。痛みが走った。顔をしかめた郁美を見て、恵里奈が慌てて手を離した。

「ごめんなさい。手にも怪我をしてたのね」

「だ、大丈夫です。手はたいしたことないんで」

そう。手の火傷はたいしたことはない。たとえ痕が残っても、手のひらなど、そんなに人に見せる場所ではない。でも、顔は別だ。また絶望的な気持ちが津波のように押し寄せてくる。

「郁美さんが暴漢に襲われたっていうから、心配で心配で……。ほら、ここのところ、不幸つづきでしょ。沙紀さんも温子さんも優衣さんも亡くなって……。もしも郁美さんまでいなくなったらどうしようかと心配したのよ。だけど、無事でよかったわ」

恵里奈の瞳から、ついに大粒の涙がこぼれ落ちた。

無事でよかった？　確かに命までは奪われなかったが、顔の左半分を奪われてしまったのだ。これを無事だったと言っていいのだろうか？　郁美はどう答えていいかわからずに黙り込んでしまった。

それに、郁美がいなくなっても恵里奈には代わりの友人——召使いはいくらでもいる。光り輝く太陽である恵里奈に孤独は似合わない。すでにこうしてふたりの従者を引き連れてきたことからもわかる。

一緒に来た女たちは、常に恵里奈に憧れの視線を向けつづけている。恵里奈のためなら、どんなことでもするだろう。そう。沙紀が亜弥を屋上から突き落としたように……。

「その様子だと、郁美さんはもうミスコンには出られないわね。でも、安心して。私が郁美さんのぶんまで頑張って、絶対に優勝するから。だけどよかったわ。命に別状がなくて、本当によかったわ」

恵里奈は「よかったわ」と何度も繰り返してから、一緒に病室に入ってきた女のひとりに言った。

「真弓《まゆみ》さん、お手数だけど、郁美さんのためにお花を生けてあげてくださる？」

「うん、いいわよ」

真弓と呼ばれた女はさっき花音が花を生けたばかりの花瓶と、自分たちが持ってきた豪華な花束を持って病室を出て行った。

「あっ」と短く声をもらして郁美はそちらに手を伸ばしかけたが、恵里奈が包帯の巻かれたその手をそっとつかんだために、なにも言うことができなかった。

また痛みが走り瞬間的に顔をしかめたが、今度は恵里奈は特に気づくことなく、手を握り締めつづける。そこに悪意はない……はずだ。

「もう大丈夫よ。怖かったでしょうね。本当にかわいそうに」

顔全体で哀れみを表現しながら言う恵里奈の背後で、花音が傷ついた様子で唇を噛んでいる。

本心が読めない恵里奈の態度に、郁美は居心地の悪さを感じてしまう。

居心地の悪さを感じているのは郁美だけではなかった。同じように恵里奈の放つ強烈な光から顔を背けるようにして、花音が言った。

「郁美、私たちはそろそろ失礼するね」

その横で早苗が強張った笑みを浮かべながら、小さく手を振った。

「郁美ちゃん、また来るね」

「ごめんね、花音、早苗。また今度ね」

郁美は恵里奈に手を握られたまま、立ち去ろうとする友人たちに声をかけた。

「あら、もうお帰りになるの？　ちょっと待ってちょうだい。あなたたちも修聖女子の学生よね？　明日のミスコン、是非いらしてちょうだい。ねえ、明穂《あきほ》さん」

恵里奈が目配せすると、明穂と呼ばれた女が慌ててバッグの中から二枚のチケットを取り出し、それを恵里奈に手渡した。

「これ、招待券よ。ただで入れるから遠慮しないで。郁美さんは出られないけど、私はちゃんと出場する予定だから。是非、私に投票してね。じゃあ、ごきげんよう」

花音と早苗の手にチケットを握らせると、もう行ってもいいわというふうに恵里奈はにっこりと微笑んだ。

顔いっぱいに戸惑いの感情を浮かべながら病室を出て行く花音たちは、チラッと郁美に視線を向けた。気のせいだろうか、郁美になにかを伝えようとしているようだったが、結局、なにも言わずにそのまま出て行った。

待って、という言葉が喉まで出かかった。あなたたちが忠告してくれたのは、このことだったの？　私を置いていかないで。身体を起こそうとした郁美の肩を、恵里奈が両手でそっと押さえた。

「まだ動かないほうがいいわ。私のことは気にしないでいいから、そのまま寝てて」

優しく微笑む恵里奈の笑顔に押し戻されるようにして、郁美はベッドにまた横になった。

「あら」

恵里奈はふと天井を見上げ、部屋の隅のほうへ向かった。手を上に伸ばし、指をすっと横に動かす。振り返り、その指を郁美のほうに向けた。

「いやだ、蜘蛛の巣だわ。病院なのに不衛生ね」

そう言うとテーブルに置かれたティッシュを一枚引き抜いて自分の指を拭った。

その様子を、郁美はただ呆然と見つめていた。

29

恵里奈たちが帰ったあと、事件を知って上京してきた両親が面会に来たが、郁美は半狂乱になって「会いたくない」と言って追い返した。

看護師たちも郁美の精神状態の安定を優先し、とりあえず落ち着くまでは会わないほうがいいと両親を説得してくれた。

つい数日前に、ミスコンに出ることになったと電話で報告したばかりだった。

『郁美はもともと可愛かったからね。お母さんは応援してるよ。もちろん、お父さんもね』

そう言ってよろこんでくれていた。それなのに、半分焼け爛れた自分の娘の顔を見たらどんなにショックを受けるだろうと思うと、とても会う気にはならなかった。

顔以外には手に軽い火傷を負っただけで、特に他に怪我もなかったので、ベッドでじっと横になっているのは苦痛だった。
病室ではスマホの使用は禁止されていたが、そんなものは守れない。ひとりになると、いつものようにエゴサーチをしてしまった。
ニュースで報じられたこともあり、郁美が顔に硫酸をかけられたことが話題になっていた。《かわいそう》という意見もあったが、その何倍もの誹謗中傷の書き込みが溢れていた。
《自業自得だよ》
《ずるいことをしてるから罰が当たったんだ》
《もともと醜い顔をしてたんだから、逆に少しマシになったんじゃないの？》
見てはいけないと思いながらも、郁美の指は画面を延々とスクロールしつづけた。そして、ますます暗い闇の底へ落ちていく。まるで屋上から旧校舎の狭間に転落していった亜弥のように……。
《恵里奈様に逆らうからだ。ざまーみろ》
「もういい加減にして！」
郁美はスマホをうつ伏せに、ベッドに叩きつけた。そのとき、視界の端になにかが見えた。何気なく視線を上に向けた。天井の隅に蜘蛛の巣が張っている。

昼間、恵里奈に言われて取り巻きの女たちが箒で取り去ったというのに、そのときよりも広範囲に濃密な蜘蛛の巣が張っている。それは徐々に大きくなり、そのうち病室全体を埋め尽くしてしまいそうだ。

優衣の推測が正しければ、これは亜弥——カケラ女の復讐の手が迫ってきているということだ。ただじっとベッドに横になったまま、そのときを待つしかないのだろうか？

リアルな世界にも、超自然的な世界にも、郁美の居場所はなかった。唯一のよりどころ、それは神崎だ。昨日、あとで連絡すると電話を切られてから、なにも連絡はなかった。神崎に会いたい。会いたくてたまらない。

我慢できずに、郁美は誰にも告げずに病院を抜け出した。硫酸をかけられて緊急搬送されたために、服は焼け焦げていた。今は病院の入院着だ。

とりあえず、いったんアパートに帰って、着替えてから神崎の部屋に行こう。たとえ顔に包帯を巻いていても、神崎に会うなら服だけはオシャレをしていきたい。

郁美はタクシーで自分のアパートに向かった。運転手が盛んにルームミラーを気にしている。服は入院着だし、まるでミイラのように顔に包帯を巻いているのだからそれも無理はない。

その顔はどうかされたんですか？　と訊ねないのは、それほど異様な佇まいだからだろう。

針のむしろのような時間を過ごした郁美は、金を払ってタクシーを降り、アパートの階段を上って自分の部屋のドアを開けた。

「なんなの、これは？」

郁美はドアノブを強く握り締めたまま、その場に立ちすくんだ。

部屋の中は白く靄がかかったように見える。それは蜘蛛の巣だった。部屋中に白い糸が張り巡らされている。あの日見た優衣の部屋と同じ状態だった。そして、優衣は翌日、死んだ――。

「なによ。亜弥さん、今度は私を殺すのね？　いいよ。さっさと殺しなさいよ。こんな顔になっちゃって……。私はもう、生きてたってしょうがないんだから！」

郁美は叫びながら部屋に駆け込み、狂ったように蜘蛛の巣を払いのけつづけた。

30

郁美は服を着替え、できる限りのオシャレをして神崎のマンションに向かった。

タクシーを降りるとき、今度もまた運転手の不躾な視線を感じた。きちんとした服に着替え、つば広の帽子を被って顔を隠していたが、それでも異様な気配が漂い出ているらしい。

だが、そんな視線はもう気にならない。もうすぐ神崎に会えるのだと思うと、胸が躍る。

マンションのエントランスでインターフォンを押すと、神崎の声が聞こえた。

『誰?』

警戒するような、少し強張った声だ。インターフォンにはカメラがついていて、神崎の部屋のモニターで来訪者を確認できるようになっている。

「郁美です」

郁美は帽子のつばを上げて、なるべく右顔を見せるようにしてカメラに向かって言った。それでも包帯を巻いていることは隠せない。

息を呑む気配があった。顔に火傷をしたことは聞いていても、これほどひどいことになっているとは思っていなかったのかもしれない。

「神崎さん……。会いに来たんです。オートロックを解除してください」

「……ああ、わかった。上がってこいよ。俺も話があったんだ」

そう言ってインターフォンが切れた。

とたんに辺りの空気が変わったように感じた。無機質なタワーマンションのエントランスホールに人の気配はまったくなく、まるで人類が滅びたあとの廃墟のように感じられた。

それに、やけに暗い。豪華なマンションだというのに、エントランスの明かりがダークブルーのフィルターをかけたように暗く感じるのだ。おかしい。これは絶対に変だ。

郁美は自動ドアの前に立って、神崎がオートロックを解除してくれるのを待った。なにかが追いかけてくるような気がして、後ろが気になって仕方ない。

早く。早く開けて！

遥か上にいる神崎に祈りながら、郁美は何度も後ろを振り返った。

ようやくロックが解除されたのか、ブン……と音がして、自動ドアが開いた。郁美は中に駆け込み、エレベーターの操作盤のボタンを押した。ちょうど一階に停まっていたらしく、すぐに扉が開いた。

エレベーターに飛び乗り、「46」という数字を押して「閉」ボタンを連打した。だが、まったく反応しない。

そのとき、入り口の自動ドアが開き、なにか黒い影が入ってきた。エントランスホール全体がさっきよりもさらに暗くなっていてよく見えないが、長い髪が揺れている。

それはうずくまった女性のようだが、なんだか奇妙な違和感があった。動き方が人間のそれではない。まるで手脚が何本もあるかのように、不規則な足音をさせながらこちらに近づいてくる。

「亜弥さん？……亜弥さんなの？」

郁美が震える声で訊ねるが、返事はない。ただ、なにか低いつぶやき声が微かに聞こえる。

蛍光灯が切れる直前のように光が瞬く。

少しでも奥に逃げ込みたくて、郁美はエレベーターの壁に背中を押しつけた。

「閉まって！　早く閉まって！」

郁美に意地悪するみたいに、扉はまるでスローモーションのようにゆっくりと閉まっていく。

閉まりきる直前にいきなり女が飛び込んできそうに思ったが、結局、なにもなく扉は閉まり、エレベーターは上昇を始めた。

郁美は大きく息を吐いた。

タワーマンションのためにエレベーターの上昇スピードは速く、耳がツンとして音が聞こえにくくなった。現実とのあいだに薄い膜が張られたように感じた。

ポンと軽やかな音がして、四十六階に到着した。扉が開いた外は、現実か、それとも悪夢のつづきか……。そこになにか得体の知れない存在が待ち受けているように思えて身体が震えてしまう。

郁美はエレベーターの隅に身体を押し込み、おそるおそる扉のほうを見つめた。

扉がゆっくりと開く。そこはまぶしいほどに明るく、清潔なタワーマンションのエレベーターホールだった。

エレベーターから飛び出して、廊下を走り、「4601」とプレートが出ている部屋のインターフォンを押した。カチッと音がした。ロックが解除された音だ。郁美はレバーを引いてドアを開けた。

小さな子供のように足を擦り合わせて靴を脱ぎ捨て、スリッパも履かずに廊下を駆けてリビングに飛び込んだ。ソファーに神崎が座っていた。

「おう、郁美。硫酸を掛けられたんだって？　災難だったな」

神崎がその場にふらりと立ち上がる。

「神崎さん！」

たったひとりの味方、神崎の胸に郁美は飛び込もうとした。きつく抱きしめて「大丈夫だよ。もう心配ないから」と優しく耳元で囁いてもらいたかった。だが、郁美は途中で足を止めた。

神崎は目が落ち窪み、ひどく疲れているようだった。顔色も悪く、まるで死人のように青白い。そして、神経質そうに自分の顔や髪を触っている。

一瞬、最後に会ったときの温子の顔が思い浮かんだ。どうして？　どうして神崎さんが？　神崎さんはなにも関係ないはずなのに……。

そのとき、郁美の視線は天井の隅に引き寄せられた。なにか気になるものがそこにあるように感じたのだ。それは蜘蛛の巣だった。

「神崎さん、あれ……」

郁美の視線を追って蜘蛛の巣を見た神崎は舌打ちして、今までに聞いたことがないぐらい冷たい口調で言った。

「なんだよ。おまえも俺がおかしくなったって言いたいのかよ」

「そんなことは……。私はただ神崎さんに会いたい一心で……」

「うるせえ！」

神崎はテーブルの上のグラスを手に取って、それを壁に力いっぱい叩きつけた。尖った音とともにグラスは砕け散った。

「だけど、おまえも顔に火傷をしてラッキーだったじゃねえか」

「……どういうことですか？」

「おまえ、評判悪いんだよ。オタクに人気が出るんじゃねえかと思ったけど、俺の見込み違いだったな。ちんちくりんだ、芋っぽいだ、三流地下アイドルっぽいだ、とか散々だよ。それに本番直前になってからの参加だろ。運営が無理やりねじ込んできたってことで『ゴリ押し』って言われて、アンチがわんさか湧いてきやがってさ。そういう書き込みを片っ端から削除して、その代わりにステマを頼んでたのに無能なバカが誤爆しやがって、全部バレちまったから、一気に大炎上だよ。もしもこのまま本番に出ても、ブーイングを浴びて、おまけにダントツの最下位になって恥を晒すだけだったから、顔に硫酸をかけられてラッキーだったんだよ」

「そ……そんな……。ひどいです。私は神崎さんのためになるならと思ってミスコンに出ることを決めたのに」

「あん？　恩着せがましく言うなよ。おまえもチヤホヤされたかったんだろ？　俺がステマで細工してやったから、最初はいい感じだったけど、結局は実力だよ。おまえみたいな芋女が恵里奈と張り合おうなんておこがましいんだよ」

「可愛いって……。私のことが好きだって言ってくれたじゃないですか」

「別に俺はおまえなんか好きでもなかったよ。ただ、おまえみたいな芋女がどんな喘ぎ声を出すのか試してみたかっただけさ。ケダモノみたいなすげえ声でびっくりしたぜ」

「ひどい……。嘘でしょ？　嘘だと言ってください！」

郁美は神崎にすがりついた。それを神崎が乱暴に振り払う。その拍子に帽子が落ち、留めてあった包帯がほどけた。

「おっ、そうだ。おまえの顔、ちょっと見せてみろよ。硫酸をかけられたらどうなるのか興味があるんだ」

「やめてくださいっ」

「いいから、いいから」

神崎は無理やり包帯を毟り取り、絆創膏で留められていたガーゼを剝がした。郁美はとっさに顔を背けた。

「うわ！　思ってた以上にすごいな。こいつは一生痕が残るぞ。おまえも大変だな」

言葉とは裏腹に、神崎は楽しそうだ。アハハハ……とヒステリックな笑い声を上げた。まるでなにかに取り憑かれているかのようだ。

「こんなことになって……。私は……私はどうすればいいんですか？」

郁美は顔を背けたまま訊ねた。

「さあ、知らねえよ。高望みしねえで、自分にふさわしい人生を歩むんだな。もう二度と、俺の前にその汚ねえ顔を見せんなよ」

そのとき、いきなり奥のドアが開き、隣の部屋から若い男が三人、ぞろぞろ出てきた。スキンヘッドの体格のいい男と、顔にまでタトゥーを入れた男と、金髪の痩せた男。三人ともまともな人間には見えない。

「おいおいおい。神崎、いつまでやってんだよ？」

男たちは神崎にそう言うと、ニヤニヤ笑いながら郁美の顔をじっと見つめる。その迫力に、郁美は身体が固まってしまった。

「なんだよ、出てくんなって言っただろ」

「いやあ。隣の部屋で聞いてたら、面白すぎて我慢できなくなってさ」

「この人たちは？」

「こいつらは俺のビジネスパートナーさ」

「おっ、いいね。ビジネスパートナーっていい言葉だ。まあ、平たく言えばケツ持ちなんだけどな」

神崎は半グレとつきあいがあるらしいと花音と早苗に忠告されたことを思い出した。あれは本当だったらしい。

「それにしても、すげえ火傷だな。気持ちわりぃ」

「ほんと、よくこんな顔になって生きてられるな」

男たちは無神経に郁美の顔の火傷をからかう。他人の不幸が楽しくてたまらないといった様子だ。

そして、スキンヘッドの男が神崎に言った。

「化け物に狙われてるってビビってたのは、この女のことか？　確かにこれは化け物だわ。お～怖え～」

化け物に狙われてる？　やっぱり神崎さんも亜弥さんの——カケラ女の存在に怯

えていたんだ。

だが今は、そのことよりも現実的な恐怖が郁美に迫り来る。

郁美はゆっくりと後ずさり、玄関のほうへと逃げようとしたが、金髪が素早く先回りして行く手を塞いでしまう。

「おっと、どこに行くのかな？　まだ話は終わってないよ。神崎はもうおまえに飽きたんだってさ。だから代わりに俺たちが優しくしてやるよ。顔にそんなひどい火傷がある女なんて、これから先、もう恋人なんかできないだろうから、最後にたっぷり楽しい思いをさせてやるよ」

自ら顔に墨を入れた顔面タトゥーの男がため息をつく。

「ほんと、おまえは物好きだよな。でも、俺もおまえに負けない性欲モンスターだからな。マニアの血が騒ぐぜ」

そして三人はシャツを脱ぎ始める。

「神崎さん……この人たちをやめさせてください」

助けを求める郁美から、神崎は顔を背けてしまう。

「うるせえな。もう俺に話しかけんなよ。俺のせいじゃないからな。全部、おまえが欲を出したせいだからな」

郁美が神崎に見捨てられたことを確信すると、男たちが楽しそうに笑った。

どうしてこんなことで笑えるのか理解できない。頭の中に笑い声が反響し、目の前の光景がずっと遠くのほうに離れていく。

「さあ、おまえも脱ぐんだよ。身体は火傷してねえんだろ？」

顔面タトゥーが郁美の腕をつかんで引っ張り寄せようとした。それを振り払い、後ろに飛び退くと、身体がなにかに当たった。スキンヘッドの胸だった。

背後から抱きかかえられ、そのまま持ち上げられた。と思うと、力いっぱい床に叩きつけられた。激痛に襲われ、右肩の骨が折れたのがわかった。

「手こずらせんなよ。そんな化け物みたいな顔してるくせによ」

スキンヘッドが郁美の腹を蹴り上げる。

「はぐっ……」

今までに経験したことがない苦しさが郁美を襲った。悲鳴も出ない。ただ、左手で腹を押さえて床の上を転げまわる。

「おっ、なかなかいいリアクションするじゃねえか。じゃあ、俺も」

金髪が右手を上げ、こちらに駆け寄ってきて、サッカーのフリーキックのように郁美の頭を蹴り上げる。

激しく頭部が揺れ、目の前が真っ白になった。一瞬、失神したようだ。でも、すぐに意識が戻ってくる。できることならずっと失神していたほうがよかったと思いたくなるほどの強烈な痛みが襲いかかってくる。

「さすがにここまで血まみれになっちまうと抱く気もしねえから、ストレス発散のサンドバッグになってもらおうかな」

顔面タトゥーが言い、他のふたりが同意した。

殺される……。ただ醜いというだけで、殺される……。

郁美は血の涙が溢れ出る目で、神崎に助けを求めた。だが、神崎は道端の汚物でも見るかのような目で郁美を見下ろすだけだ。

憎しみの感情が込み上げてきた。その感情は実際に郁美を殴り、蹴る男たちよりも、それを傍観している神崎に向けられる。

つい三ヶ月前までの平和な日常は、もう遠い過去で、歴史の教科書に書かれていることと同じぐらい現実味がない。神崎さん、あなたのせいよ。あなたがあのとき、コンビニに来なければ……。私が怒鳴られているのを助けなければ……。

全部あなたのせいよ。殺してやりたい……。神崎さん、あなたを殺してやりたい。

そして、こいつらも……。あと……恵里奈も……。私の人生をむちゃくちゃにした恵里奈も殺してやりたい……。

それは逆恨みというものだと思いながらも、なにか強い力に共鳴するように、憎悪の思いが煮えたぎる。

「……殺してやりたい……殺してやりたい……殺してやりたい……」

「おい、こいつ、なんかぶつぶつ言ってるぞ」

「ああ？　殺してやりたい、だってよ」

「ほんとだ。ま、殺されるのは自分だけどな」

アハハハ……と男たちはまた笑い声を上げた。

ドン！

玄関のドアを外側から叩く音が響き、男たちは一斉にそちらを向いた。

「あ？　他にも誰か来る予定だったのか？」

顔面タトゥーが訊ねると、神崎は青ざめた顔をゆるゆると横に振った。

「そんな約束はねえよ」

ドン！

もう一度、ドアを叩く音が響いた。それはなにかやわらかいもの——熟しすぎたリンゴのようなもので叩いているような、生理的な嫌悪感を抱かせる音だ。

だが、その異様さに男たちは気がつかない。

「しつけえなあ」

顔面タトゥーが言うのと同時にカチッとレバーが引かれる音が静かに響き、ドアがゆっくりと開く気配がした。

廊下をなにかがこちらに近づいてくる。

ぴたん……ぴたぴたん……ぴた……ぴたぴたん……。

濡れた床の上を何人もの人間がよろけながら裸足で歩いているかのような、不規則な、そして粘着質な足音が近づいてくる。

「なんだ？」

顔面タトゥーはその足音が普通でないことに気づいたようだ。訝しげに眉根を寄せた。

そのとき、リビングのドアが突風に煽られたように勢いよく開いた。と同時に部屋の中の照明が一斉に破裂し、闇が降ってきた。

男たちが首をすくめて固まった。そのシルエットが、壁一面の窓から差し込んでくる地上の光でうっすらと浮き上がっている。

誰も動かない。驚きのあまり、動けないのだ。じっとしていると、徐々に目が闇に慣れてきた。

そして、時間が動き始めた。

「うわ。なんだ、この匂いは？」

腐った生ゴミのような匂いが部屋の中に流れ込んできた。男たちが鼻をつまみ、その悪臭から逃れるように部屋の奥まで後ずさる。

ぴたん……ぴたたん……ぴたん……ぴたたん……。

不規則な足音を立てながら、なにかが身体を屈めたような恰好で部屋の中に入ってくる。さっきエントランスで郁美を追ってきたあいつだ。

「亜弥さん……」

郁美は床に倒れ込んだまま、血を吐くようにしてつぶやいた。そこにいるのは、辛うじて亜弥とわかるが、もう人間とは呼べない存在だ。

もともと白かったと思えるワンピースは血と泥に汚れ、長い髪は乱れ、その下からのぞく顔は青紫色に変色している。そしてなにより異様なのは、亜弥の身体からは何本もの手脚が伸び、まるで虫のようにそれをバラバラに動かしながら移動しているということだ。

それは明らかに蜘蛛の姿だ。

カケラ女が寄生するときに蜘蛛も一緒に取り込まれたんじゃないか、という優衣の推論は正しかったのだ。

もしも優衣が生きていたら、得意げに顎を上げたことだろう。いや、殺されたときに、すでに優衣はそのことを確認したはずだ。そして、オカルト・オタクとしての満足の中に死んでいったのかもしれない。

「……おまえ……亜弥なのか？」

神崎が眼球がこぼれ落ちそうなほど目を見開いてつぶやいた。

「憎い……。憎い……。おまえが憎い……。憎い……。憎い……」

亜弥のつぶやき声がはっきりと聞こえた。白く濁ったその目が見つめているのは、郁美ではなく神崎だ。

「違う。俺じゃない。俺はただ沙紀に興信所の報告書を渡して、おまえがミスコンを辞退するように仕向けろって頼んだだけだ。殺せなんて言ってない」

……神崎さんが？　亜弥さんのことの一番のきっかけは神崎さんだったの？

亜弥は何本もある手脚を器用に動かしながら、まっすぐ神崎に近づいていく。

その歩き方は生理的な嫌悪感を抱かせる。かつて凜々しい美人でミスコンの優勝候補とされていた亜弥の今の姿に哀れを感じ、同時に鳥肌が立ってしまう。

亜弥をこんな目に遭わせてしまったあの日の出来事に、郁美自身も一枚嚙んでいるのだと思うと、どんな残酷な殺され方をしても文句は言えないといった気持ちになった。

だが、神崎は違うようだ。いやいやをするように首を振りながら後ずさり、許しを得ることができないとわかると、今度は口汚く亜弥を罵り始めた。

「もとはと言えば、おまえが悪いんだ。俺が新しく作る芸能事務所に入れてやるって言ったのに、あっさり断るから。おまけに俺の女になるように強要されたってバラしてやる、なんて言うから。そんなやつに俺がやってるミスコンを踏み台にされたくなかったんだ。だからおまえの過去を調べて、沙紀に教えてやっただけなんだ。あとのことは、俺は関係ない」

たったそれだけ？　血だまりができた床の上に這いつくばりながら、郁美は呆然とした。たったそれだけのことで、何人もの人間が死ぬような事態を招いてしまったなんて……。

「憎い……。憎い……。おまえが憎い……。憎い……。憎い……。死ね……。死ね……。死ね……」

亜弥はぐちゃぐちゃに嚙み砕いた言葉の残骸のような不明瞭なつぶやきを吐き出し

ながら、神崎に近づいていく。それは少しでも長く恐怖を与えてやりたいといった思いを感じさせる、ゆっくりとした動きだ。

「おい、いい加減にしろよ！」

スキンヘッドがようやく我に返って叫ぶと、クローゼットを開けて、中から金属バットを取り出した。どうしてそんな場所にしまってあったのかはわからないが、スポーツを楽しむためとは思えない。男が打ちたいのは野球の球ではなく、亜弥の頭だ。

「うおおおおお！」

スキンヘッドは奇声を発しながら亜弥に殴りかかった。亜弥は手脚が何本も生えた身体に乗っかった顔を、面倒くさそうにその男のほうに向けた。

その瞬間、振り上げた金属バットが頭上で止まった。スキンヘッドが不思議そうにそちらを見上げた。金属バットは蜘蛛の巣に引っかかっていた。

いつの間にか、天井付近は蜘蛛の巣だらけになっていた。しかもそれは普通の蜘蛛の巣ではない。大柄のスキンヘッドが必死に引きはがそうとしても、バットはまったくびくともしないのだ。

「こ……この化け物が！　調子に乗ってんじゃねえぞ！」

スキンヘッドは金属バットをあきらめて、素手で亜弥に殴りかかった。その拳が、亜弥に触れる寸前で破裂した。辺りに血と肉と骨が飛び散る。

スキンヘッドは不思議そうに、かつて自分の拳があったはずの右腕を見つめ、ようやくなにが起こったのか気づいたように悲鳴を上げた。

「おおおおおお！」

右腕を抱えるようにして床の上を転げまわる。その男の身体が、まるで綿アメでも作るように白い糸に包み込まれていく。そして、すぐに完全に白い玉になった。

「な……なんなんだよ、これは……」

顔面タトゥーと金髪は壁際まで下がって、仲間の最期を呆然と見つめている。

白い玉の中からは、微かにくぐもった悲鳴が聞こえる。と、男たちが見守る目の前で、白い玉はギシギシバキバキと骨の砕ける音をさせながら徐々に小さくなっていく。

そして、その白に赤が混じり始め、やがて下半分が真っ赤に染まり、そのまわりに血だまりがひろがった。もう悲鳴は聞こえない。

「お……おい、マジかよ……」

神崎が信じられないといったふうに首を横に振った。その動きにつられるようにして亜弥は神崎に視線を戻した。黄色く濁った眼球がギロリと動く。

亜弥はまた神崎に近づいていく。踏み出した脚のふくらはぎ辺りから腐肉がぼたりと落ちた。一瞬、黄色い骨がのぞくが、その部分の肉が再生していく。だが、結局再生しきれずに、またぼたぼたと腐肉が床の上に落ちる。

よく見ると、郁美が通ったあとには、まるでナメクジが這ったあとのように粘液がぬらぬら光っていて、小さな腐肉がいくつも落ちていた。

腐敗のスピードが増してきているようだ。それと同時に、亜弥から立ち上る妖気が少し弱まったように感じた。もともとぎこちなかった動きが、さらに緩慢になっていく。

このマンションのエントランスに現れたときから、すでに動きは鈍かったが、それにしても苦しそうだ。

「あれ？　こいつ、なんか変だぞ！」

金髪がヒステリックな声を上げた。それに顔面タトゥーが同調する。

「ほんとだ。すげえ勢いで腐っていってんじゃね？」

郁美は思った。カケラ女の都市伝説について優衣にいろいろ教えもらった。どこまでが正しい情報なのかはわからないが、カケラ女の弱点のひとつは生身だということだった。恨みを残して死んだ女の身体に寄生するということは、情念は生きていても肉体はもう死んでいるのだ。

死体が動きまわることは自然の摂理に反している。憎悪のエネルギーを放出すればするほど、肉体へのダメージは大きくなる。腐敗スピードが増し、肉体が朽ち果てていくのに合わせてカケラ女の力も弱くなっていく。

そして、完全に肉体が死滅するとカケラ女はまたただの干涸びた肉片に戻り、日の当たらない場所で次の宿主が現れるのをじっと待つのだということだった。

「お……おい。弱ってきてんなら、こいつをなんとかしろよ。そのためにおまえらを呼んだんだろうが！」

神崎が叫び、それに金髪が反応する。

「偉そうに言ってんじゃねえよ。こいつはおまえに恨みを持ってんだろ？　それならおまえがなんとかしろよ」

金髪が神崎の腕をつかんで引っ張り寄せ、その背中を押した。よろけながら神崎が前に進み出る。

「憎い……。おまえが憎い……。死ね……。死ね……」

自分の肉体がものすごい勢いで滅びつつあることに気づいていないのか、亜弥は憎しみの言葉をつぶやきながら神崎に近づいていく。

「来るな！　こっちへ来るな！」

神崎は近くにあるものを手当たり次第に亜弥に向けて投げつける。

それらのうちのいくつかは亜弥の身体に当たり、腐肉をえぐり取ったが、もともと死滅した組織なので痛みなど感じないのか、亜弥は少しずつ神崎との距離を詰めていく。

「おい！　やめろ！　こっちへ来るな！」

神崎がワインボトルを亜弥の顔目掛けて投げつけた。亜弥の目がくわっと見開かれる。ワインボトルが空中で破裂した。破片が飛び散り、そのひとつが部屋の奥のスタジオ部分まで飛んで、三脚にセットされたカメラに当たった。

その瞬間、カメラに連動したストロボが光った。雨傘の裏側に取り付けたような、強烈なストロボだ。

薄暗い闇に慣れていた目に、強烈な光が突き刺さった。

誰もが顔をしかめて腕で目を覆ったが、一番激しく反応したのは亜弥だった。床の上に身体を伏せて、獣のような呻き声を上げた。

「おい、今のを見たか？」

金髪が言うのと同時に顔面タトゥーが反応した。

「おお、見たぞ。こいつ、光に弱いんだ。おい、神崎、この化け物の写真を撮ってやれよ！」

言われた神崎が慌ててカメラに駆け寄る。その足下に蜘蛛の糸がまとわりつくが、それはさっきスキンヘッドの自由を奪ったのに比べたら弱々しく、神崎の動きを止めることはできない。

蜘蛛の糸を蹴散らしながら飛びつくようにしてカメラをつかむと、神崎はストロボをこちらに向けてシャッターを押した。そのとたん、強烈な光が亜弥に襲いかかる。

爆風を受けたように亜弥がよろめき、腐肉が後ろに飛び散る。

一号棟と二号棟のあいだの暗闇で、ずっと干涸びた状態で転がっていた肉片。それが恨みを残して死んだ亜弥に寄生して生き返ってきた。カケラ女は闇の中の生き物なのだ。まぶしい光を恐れるのはごく自然のことのように思えた。

「おお、いいぞ、神崎。連写だ、連写！」

金髪が囃し立てる。言われるまでもなく、神崎は狂ったように叫声《きょうせい》を上げながら亜弥に向けてストロボを焚きつづけた。

「死ね！　この化け物！　死ね！　死ね！」

強烈な光が繰り返し亜弥に襲いかかる。その度に腐肉が吹き飛ばされ、もうすでに亜弥の身体は黄色い骨が剝き出しの状態になっていた。

再生能力はもうないようだ。もともと再生するためにはなにか呪文を唱えなければならないのだが、今はその呪文を唱えてくれる者はいないし、誰もその呪文を知らないということだった。

カケラ女——亜弥の肉体はただ崩壊していくだけだ。それに連れて彼女の持っている不思議な力も弱まっていく。

繰り返し発光するストロボに向かって裂けそうなほど口を大きく開けて獣のような咆哮を発するが、その機材を破壊するだけの力はもう残っていない。

「こいつ、弱ってるぞ。おい、やっちまおう」

金髪がうれしそうに言い、顔面タトゥーをけしかける。

「おう。調子にのんじゃねえぞ!」

金髪は椅子を、顔面タトゥーはスキンヘッドの置き土産である金属バットを蜘蛛の巣から毟り取るようにして手に持ち、亜弥に襲いかかる。

そのあいだも、神崎は亜弥に向けてストロボを焚きつづける。明滅する光の中で苦しみのたうつ亜弥に向けて、男たちの凶器が振り下ろされる。

椅子を叩きつけられると肩から先がボトッと落ち、金属バットで薙ぎ払われると何本もあるうちの一本の脚が吹き飛び、亜弥はその場に頽《くずお》れた。

こんな肉体でも痛みを感じるのか、それとも恨みを晴らせない無念さのせいか、亜弥はひび割れた悲鳴を轟かせる。

相手の弱みを見つけると俄然強気になるのがこういう人間の特徴だ。金髪と顔面タトゥーは嬉々として亜弥を打ちのめしつづけた。

「すげえ。こんなになってもまだ動いてるぜ」

「おりゃあ！　死ねよ、化け物！」

……化け物？　さっき男たちに「化け物」と罵られて、蹴られたり殴られたりしていたのは郁美なのだ。目の前で数々の肉片と化していく亜弥にシンパシーを感じている自分に、郁美は戸惑わないではいられなかった。

男たちは次々と攻撃を加えつづける。その度に亜弥の肉体は徐々に粉々になっていく。後頭部をバットで思いっきり殴られると眼球が飛び出て床の上にボトッと落ちた。それを金髪がすかさず踏みつぶす。と同時に顔面タトゥーがすでに首が半分もげそうになっている亜弥の側頭部目掛けて金属バットをフルスイングする。

ぐしゃっと頭蓋骨が砕ける音がして、首がちぎれ、亜弥の頭部が床に落ちた。それはまるでボーリングの球のように転がり、郁美の目の前まできて止まった。空っぽになった眼窩がじっと見つめてくる。

バラバラになった亜弥の残骸はもうピクリとも動かない。

「やった！　俺は助かったぞ！」

神崎がその場で飛び跳ねてよろこんでいる。

今度は郁美の番だ。同じように嬲り殺しにされてしまう。肩の骨が折れ、内臓も破裂しているようだ。全身を殴られ蹴られしたために、身体に力が入らない。

郁美はまったくの無力だ。男たちの暴力には絶対にかなわない。ただ嬲り殺しにされるだけだ。

たとえこの場を生き延びたとしても、顔に大火傷を負わされて、ネットでも嫌われ者になり、すでに社会的に抹殺されたようなものだ。あきらめて、このまま殺されたほうがいいのだろうか？

いや……。そんなのいや。どうせ死ぬなら、私をこんな目に遭わせたやつらも全員、道連れにしてやる。

憎い……。憎い……。憎くてたまらないの。憎い……。憎い……。

頭の中に蘇ってくるさっきの亜弥のつぶやきに、気がつくと自分のつぶやきが重なっていた。それはただ頭の中で思っていただけではなく、実際に郁美の口から声となってこぼれ出ていたらしい。

化け物を退治したばかりで異常な興奮状態にある顔面タトゥーが、郁美に血走った目を向けて言った。

「おい、おまえ、それ、俺たちに言ってんのか？」

腐肉と血にまみれた金属バットをギリギリと握り締める。

「もういいから、こいつも殺っちまえよ！」

そう叫んだのは神崎だった。目が完全にいってしまっている。いつも見ていた優しく物腰のやわらかい神崎ではなかった。

これが……これが神崎さんの本当の顔なのね。

郁美はようやくそのことを悟った。

「こいつも、恵里奈のグループに入ったりせずに、自分にふさわしく地味に生きてたらこんな目に遭うこともなかっただろうにな。バカな女だぜ」

神崎の言葉につづいて、男たちのヒステリックな笑い声が響く。

耳障りだ。不愉快だ。殺してやりたい。でも、私にはなにもできない……。郁美は奥歯を嚙みしめた。

私の人生を台無しにして……。こいつらは許せない。憎い……。悔しい……。

薄れゆく意識の中で、郁美はつぶやいた。床に這いつくばったまま、目の前に転がっている亜弥の首を見つめた。血にまみれ、苦しげに顔を歪め、片方の眼球がなくなってしまっている。

「亜弥さん……悔しいでしょうね」

郁美の声に亜弥の首が反応した……ように見えた。まだ完全に死んだわけではないのだろうか？　いや、一部分だけが生きていた。眼球が飛び出して空っぽになった眼窩の奥で、なにかがうごめいている。小指の先ほどの大きさの肉片だ。

これがカケラ女の本体？　彼女は新しい宿主を求めている？　恨みを残して死んだ女の新鮮な身体……。それは郁美の身体だ。いいよ。私の身体をあげる。その代わり、私をこんな目に遭わせたやつらに復讐する力をちょうだい。

「おい、まだなにかぶつぶつ言ってるぜ」

「気が狂っちゃったのかな」

「いいから殺っちまおう。中途半端に生かしといたら、かえって面倒なことになるからな」

男たちが郁美を取り囲む。

郁美は左手をついて必死に上体を起こそうとした。大量に流れ出た血で、服が床に張り付いてしまっていた。それをなんとか引きはがすようにして身体を起こすと、郁美は床に転がっていた割れたワインボトルのネックを拾い上げた。

「あん？　なにすんだ？」

郁美が反撃しようとしていると思った神崎が一歩後ろに下がった。逆に金髪と顔面タトゥーは反撃される前にとどめを刺そうとするかのように、左右から襲いかかってくる。

そのふたりを視界の端に捉えながら、郁美は躊躇することなく自分の喉に割れたネックを突き刺した。そして肉をえぐるようにグリッと捻る。動脈が切断され、スプリンクラーのように勢いよく血が噴き出した。その血を浴びた金髪と顔面タトゥーは驚いて飛び退いた。

「こいつ、自分で首を刺しやがった！」

それは驚いているようでもあり、自分たちが手を下せなかったことを残念がっているようでもあった。

その声を聞きながら、郁美は血を流しつづけた。流れ出る血の量に反比例するように意識が薄れていく。そして身体の力が抜けていく。

郁美は再び床の上に、前のめりに倒れ込んだ。ビシャッと血が飛び散った。すでに大きな血だまりができていた。その血だまりの中に郁美の身体と亜弥の頭部が溺れそうになっている。

薄れゆく意識の中、郁美は亜弥の生首を見つめた。小さな肉片が眼窩からぽとりと落ちた。それは亜弥のその他の肉片とは明らかに違う。まるで生き物のようにうごめき、亜弥の血と郁美の血が混じり合った血だまりを移動してくる。新たな宿主を求めて……。

さあ、私の中へ……。こいつらに気づかれる前に……早く……早く私の中へ入ってきて。そしてこいつらを殺す力をちょうだい。早く……早く……。ああ、もうダメだ。目の前が暗くなっていく。心臓の鼓動が徐々にゆっくりになっていく。

憎しみの感情に引き寄せられるようにして、カケラ女は郁美の喉の傷口から入り込む。

鼓動が完全に止まる直前、ドクン！　と一回激しく心臓が打った。喉から脳天にかけて硬い金属の棒を突き刺されたように、ズキン！　と衝撃が走った。

郁美は強烈な光の中に飲み込まれた。その光の中に、まるでスライドショーのようにいろんな光景が浮かんでくる。もちろんそれは郁美が過去に経験したものではない。おそらくそれは、カケラ女が今までに寄生してきた女たちの記憶だ。虐げられ、侮辱され、裏切られ、嘲笑われ、失望し、嫉妬し、憎悪する……。

もともとのカケラ女がどんな憎しみの感情を抱いていたのかは知らないが、何人もの女たちに寄生することによって、より憎悪の感情を漲らせるモンスターになっていったようだ。今、カケラ女に寄生され、彼女の記憶の一部になった郁美には、そのことがはっきりとわかる。

あの小さなカケラの中に、ぎっしりと詰め込まれていた女たちの情念。カケラ女は小さな肉片の中に、今までに寄生した女たちの憎悪のエネルギーを全部溜め込んでいる。そして、そのマイナスの情念が真っ黒なペンキとなって郁美の心を塗りつぶしていく。

今この瞬間、憎しみのバトンを手渡されたのだ。それを持って郁美はゴールまで走らなければならない。

「憎い……」

ぽつりと言葉がこぼれ出た。

「え？　今、しゃべったんじゃねえか？」

不審げな金髪の声が聞こえた。まるで水の中で聞くかのような奇妙な聞こえ方だ。

「まさか……。こいつ、喉をえぐったんだぞ。それにこの出血の量だ。さすがに死んだだろ」

神崎の声が近づく。こちらをのぞき込んでいるのがわかる。

床に倒れ込んだまま、郁美は目を開けた。と同時に、まるで首の後ろをつかんで引っ張り上げられたかのように、勢いよくその場に立ち上がった。男たちが悲鳴を上げて一斉に飛び退いた。

郁美は部屋の中を見まわした。皺だらけの黄色いセロファン越しに見ているかのように輪郭が不明瞭だ。

気がつくと、喉の傷口は塞がっていた。それどころか、顔の火傷もきれいに消えていく。カケラ女は新しい宿主を手に入れて、いったん再生能力を取り戻したようだ。

「お……おい、なんか変だぞ」

顔面タトゥーが怯えて、絵の描かれた顔を引きつらせる。

「神崎！　ストロボ！」

事態を飲み込んだ金髪が叫んだ。弾かれたように神崎がカメラのほうに走る。郁美はそちらに視線を向けて、心の中で念じた。

潰れろ。

その瞬間、神崎の右膝がぐにゃりと曲がった。と思うと、そのまま前のめりに倒れて床の上を転がった。

「おおおお！」

両手で膝を抱えて、悲鳴を上げる。膝から先がぶらんぶらんと揺れている。

「アハハ……」

笑い声が部屋の中に響く。それは郁美の笑い声だった。残酷な笑い声。自分がそんな笑い方をするのが意外だったが、楽しくてたまらない。同時にその程度では満たされることのない憎悪の思いが、神崎にさらなる苦痛を望む。

「潰れろ」

手を伸ばし、今度は実際に声に出して言った。

「あああああ！」

また神崎が悲鳴を上げた。フレークを噛んだかのような、くしゃっという小気味いい音が聞こえた。神崎の左腕がぶらんと垂れ下がった。

亜弥は自分が置かれた状況を理解することに何日もかかったようだが、郁美はすでにすべてを知っている。迷いはない。殺すのだ。自分をこんな目に遭わせた憎いやつらを殺すのだ。

「この化け物が！」

顔面タトゥーが金属バットを郁美の肩口に叩きつけた。鈍い音がして肉に食い込む。でも、痛くも痒くもない。指先を顔面タトゥーの眉間に向けて突き出して、つぶやく。

「潰れろ」

そのとたん、頭部が潰れ、顔面タトゥーというその特徴をなくした肉体が重たげな音を響かせて床に倒れ込んだ。

金髪が部屋の奥のスタジオ部分へと走る。郁美が目を細めると、カメラが乾いた音をさせて破裂し、飛び散った破片が金髪の全身に突き刺さった。残りの金属片は壁に当たって火花が散る。

そのちょっとした光がまぶしくてたまらない。郁美は顔を背けた。身体が焼けるように熱い。そのことがよけいに郁美の怒りを掻き立てる。

金髪に向かって手を伸ばす。数メートル離れているが、それでも手のひらに確かな感触があった。ゆっくりと握り締める。金髪が首を押さえて床の上を転げまわる。悲鳴を上げたそうに目を見開いているが、気道を完全に塞がれているので声は出ない。

その苦しげな様子が愉快でたまらない。郁美は手に力を込めた。金髪は脚をばたつかせながら、両手で首を掻きむしる。皮膚が破れ、肉が爪でえぐり取られる。血が流れ出る。

そのとき、視界の端で神崎が動くのが見えた。手脚の骨が砕けた状態で、出口に向かって必死に這っていく。そのことに気を取られていると、手のひらに感じる抵抗が不意に弱まった。

金髪が口から泡を吹き、白目を剝いてぐったりしている。すでに絶命しているのがわかった。もっとじっくりと嬲り殺しにしてやりたかったのに、神崎に気を取られたせいで力の配分をミスしてしまった。

残念な気持ちと、そのことに対する怒りの感情が一気に高まり、郁美は手に力を込めた。首の骨がぐしゃっと潰れて、金髪の頭がさらに後ろにガクンと倒れた。

郁美が神崎のほうに向き直ると同時に、金髪の亡骸は床の上に重たい音を響かせた。

「ひいいいっ……」

神崎が滑稽な悲鳴を上げて、床の上を後ずさる。

「憎い……。憎い……。おまえのせいで私は……。憎い……。憎い……」

言葉は郁美の心の奥深くから湧き出てくる。「憎い」とつぶやく声は何重にも重なり合っているように聞こえる。郁美だけの声ではない。カケラ女が今までに寄生した女たちの憎悪の思いが塗り重ねられている。

「許してくれ。約束どおりミスコンにも出してやる。俺の力で絶対に優勝させてやる。だから……、だから許してくれ」

命乞いをする神崎を見下ろしながら、郁美の胸の中によろこびの感情が込み上げてくる。それは神崎を殺すことができるよろこびだ。

郁美が手のひらを突き出すと、神崎は壁のところまで弾き飛ばされた。そのまま両腕を左右にひろげ、十字架に磔にされたかのように壁に張り付いた。

「憎い……。憎い……。憎い……」

郁美の口からつぶやき声がこぼれる。

「お願いだ！　頼む！　許してくれ！　俺は悪くない！　悪いのは恵里奈だ！　あいつが俺に頼んできたんだ。亜弥のやつをなんとかしろって。たぶん、郁美の顔に硫酸をかけたのもあいつだ。あいつならやりかねない。あいつが手下の女たちにやらせたんだ。俺は悪くない。だから、助けてくれ！」

「……恵里奈さんが？」

「そうだ！　だから俺は悪くないんだ！」

すべての元凶が恵里奈だとしても、神崎を許す気にはならない。

礫にされたまま必死に命乞いする神崎に、郁美はゆっくりと近づいていく。まるでふたりのあいだに透明な塊があるかのように、郁美が距離を詰めるのに合わせて、神崎の身体が押しつぶされていく。

「ううう……。ううう……」

背けた神崎の顔が、ガラスに押しつけたように歪む。さらに郁美は足を踏み出す。

「うぐ……」

神崎が呻く。身体全体が薄く押し伸ばされていく。前に進もうとすると、身体の前面にほんの少し抵抗を感じた。それでも郁美はさらに一歩、足を踏み出した。神崎の鼻や耳の穴から血が流れ出る。

「さあ、死んでしまえ」

さらに一歩、郁美がポンと足を踏み出すと、神崎の身体が破裂した。その瞬間、身体の前面に感じていた抵抗が消え、神崎の残骸が壁から剝がれて床にずり落ちた。

部屋の中が静かになった。なんの音もしない。生臭い血の匂いが鼻をついたが、まったく不快ではない。それどころか、その匂いは自分にひどいことをした人間たちが滅び去った証なのだと思うと、深呼吸でもしたくなる。いや、実際に郁美は大きく息を吸い込んで、うっとりと目を閉じていた。

郁美はハッとして目を開けた。

私はいったい……。自分の心の中に巣くう残虐さに恐怖を覚えた。でも、そんなものは一瞬だ。戸惑いはすぐに薄れて、また抑えきれない怒りが込み上げてくる。

ただし、亜弥の残骸に対してだけは別だ。無惨な姿。人間と蜘蛛が一体化したモンスターの残骸……。しかも、亜弥をそんなふうにした責任が郁美にもあるのだ。

もっとも、そんな後悔も長くはつづかない。郁美の中の人間らしい心は、強風の中で揺れるロウソクの炎のように大きく揺れつづけていた。

神崎に復讐したが、なにもすっきりしない。それどころか憎悪の思いがますます身体の奥で煮えくりかえる。郁美は体内に充満する憎しみで身体が破裂しないように、両腕で自分をきつく抱きしめた。

郁美はよろこびを感じていた。復讐する相手がもうひとり残っているのだ。

ゆっくりとその場に座り込んだ。暗い部屋の中、血の匂いに囲まれて、郁美はじっとうずくまったまま時間を過ごす。

「憎い……。憎い……。憎い……」

つぶやきが際限なく口からこぼれ出てくる。

31

太陽の陽射しがまぶしい。気持ちのいい秋晴れだ。こんないい天気の日にこんな気味の悪いものを運ばなければいけないことに、便利屋は軽トラックを運転しながらうんざりした。

修聖女子大学が近づいてくると、まわりが騒がしくなってきた。キャンパスに作られた野外ステージで学生バンドが演奏しているようだ。

正門の前まで来ると、そこに手書きの大きな看板が立てかけられていた。

『修聖女子大学　大学祭』

そうか、今日は学祭をやっているのか。そのイベントのためにこれを使うんだな。

便利屋はそう理解し、胸の中でもやもやとしていた思いが少し晴れるのを感じた。

車体の側面にサクラ便利屋サービスと書かれた軽トラックを門の前に停めると、守衛室から初老の男が出て来た。その男に向かって便利屋が声をかける。

「ちょっと中に入ってもいいですか？」

守衛がトラックに書かれた文字をチラッと見た。

「便利屋？　なんの用ですか？」

「お届け物なんですよ。神崎さんって人からメールで依頼があって、これを講堂まで運んでくれって」

「神崎さんからのお届け物？」

何気なく荷台をのぞき込んだ守衛は、驚いたように身体を仰け反らせた。

「なんですか、これは？」

「西洋の棺桶みたいですけど。俺はただ運ぶように依頼されただけなんで、詳細はわからないんですよ」

それは奇妙な依頼だった。オートロックの暗証番号を教えておくから、部屋の前の廊下に置いてある棺桶を修聖女子大学の講堂まで大至急運んでくれ、というメールが今朝届いたのだ。

金は封筒に入れて棺桶の上に置いてあった。それと一緒に、絶対に蓋を開けるなというメモも置いてあった。

そんな忠告をされなくても、棺桶の蓋を開けようと思うほど悪趣味ではない。まさか本物の死体が入っているとは思わないが、気持ち悪いことに変わりはない。

「通っていいですか？」

「まあ、神崎さんの依頼なら。どうぞ」

神崎という人間がどういう立場の者かは知らないが、かなり権力があるようだ。守衛はそれ以上、特に問いただそうとはせずに素直に車を通してくれた。

学祭という特別な日で、普段は入れない女子大の中に入れる機会だからか、出会い目的と思しき若い男が大勢ひしめき合っていた。

溢れかえる大学生たちを轢かないように気をつけて軽トラックを走らせた。キャンパスの一番奥に講堂があった。かなり立派な建物だ。

講堂のまわりには花壇が作られ、色とりどりのパンジーの花がきれいに咲き誇っていた。さすがに女子大なだけはあるなと便利屋は思った。

その花壇の横に車を停め、助手席で居眠りをしていたアルバイトを揺すって起こす。

「おい、根本《ねもと》、起きろ。仕事だ。手伝え」

眠そうに大あくびをしているアルバイトと一緒に荷台から台車に降ろすと、便利屋はその場にいたイベントのスタッフに声をかけ、ぶつけたりしないように気をつけてふたりがかりで棺桶を慎重に運んだ。

32

「さっきの荷台に載ってたのはなんだったんですか？」

仙田《せんだ》が守衛室に戻ってくると、最近配属されたばかりの堀内《ほりうち》が興味深そうに問いかけてきた。

「ドラキュラの寝床みたいな棺桶だよ。神崎さんからの依頼で運んできたらしい」

「神崎さんって、ミスコンのプロデューサーですよね？　じゃあ、イベントで使うのかな？」

「まあ、そうだろ。悪趣味だよな。なんだか気味が悪いよ」

「気味が悪いって言ったら、東田さんって人、まだ見つからないんですよね？」

堀内の前に修聖女子大学を担当していた警備員だ。東田が行方不明になったために、その代わりに警備会社から派遣されてきたのが堀内なのだ。

「そうみたいだな。校内の見まわりに行ってそれっきりだ。いったいどういうつもりなのかね？」

「神隠しとか？」

「神隠しに遭うのは子供だろ。あんなオッサンなんか、神様も連れて行かんだろうが」

「じゃあ、借金があって逃げたとか？」

「まあ、そんなところだろうな。奥さんと子供にも愛想を尽かされてたみたいだし。だけど東田さんはあの歳で若い女が好きでさ。今日のミスコンも楽しみにしてたんだよ。確か結城恵里奈とかいう娘を推してたんだっけかな」

「そうだったんですか。正統派美女が好きだったんですね。僕は郁美ちゃんかなあ」

「へー、そうか。俺は水谷亜弥だ」

「その娘も失踪しちゃったんですよね？」

「らしいな。なんだかいろんな人間が消えてるよな。理事長の娘とか学生が何人も殺されたし。おまえは消えるなよ」

「消えないですよ。どうしてですか？」

「おまえがいなくなったら、そのしわ寄せで俺の仕事が増えるんだよ」

「なんだ、そんな理由ですか。ちょっとは僕のことも心配してくださいよ」

堀内が情けなさそうに言い、仙田とふたりで呑気な笑い声を上げた。

33

「これ、どこに置けばいいですか？」

便利屋の問いかけに、忙しいのに仕事を増やすなといったふうにスタッフの男が面倒くさそうな声で指示をする。

「そこら辺の邪魔にならない場所に置いといて」

ドスンと乱暴に床の上におろされた。

「じゃあ、誰でもいいんで、受取のサインをください」

足音が遠ざかっていく。少しすると、すぐ近くから声が聞こえた。棺桶をのぞき込んでしゃべっているようだ。

「これ、神崎さんがバックルームへ持って行くように依頼したそうなんだけど、どうする？」

「まあ、下手に触ってあとで文句を言われたらいやだし、ここに置いとけばいいだろ」

「でも、中になにか入ってるのかな？　特に演出で使う予定もないはずだけど……」

「そういえば神崎さん、今日はまだ来てないよな」

「ディレクターが何度も電話しているけど出ないんだって。この大事な日になにやってるんだろ？」

「あの人、ちょっと得体の知れないところがあるからな」

「そんなこと言って大丈夫か？　誰かに聞かれたら大変だぞ」

「まさかこの中に神崎さんが入ってたりしてさ」

楽しそうな笑い声がふたつ聞こえた。

「ちょっと、そこのふたり。こんなところでサボってないで手伝ってよ」

少し苛々した口調の声が聞こえ、「はい」という返事とともにバタバタと足音が遠退いていった。人の気配が消えた。ドアをきちんと閉めなかったのか、音楽が聞こえてくる。

「エントリーナンバー五番、芦田佑香《あしだゆうか》さんのジャズダンスです」

アナウンスとともに歓声がわき上がる。華やかで楽しそうな気配が、小さな闇の中まで届く。棺桶の中とは対照的な、楽しげな世界がそこにはあった。

「憎い……。憎い……。憎い……」

気がつくと自分の意思とは関係なく、つぶやき声がこぼれていた。郁美は棺桶の中で奥歯をギリギリと音がするほど強く噛みしめた。

棺桶に入って便利屋に運ばせた。それは太陽の陽射しを避けてミスコン会場に来るためだったが、この狭くて暗い空間は今の郁美に一番ふさわしい場所だ。

なにしろ死の直前の肉体で無理やり生かされている化け物なのだから。だが、そのことを認めたくない。どうしても認めなければならないとしたら、その原因を作った人間に仕返しをしたい。

「憎い……。憎い……。憎い……」

身体の奥のほうから込み上げてくる恨みの言葉をつぶやきながら、郁美は棺桶の重い蓋を押し開けた。ほんの少し隙間ができ、そこから光が差し込んでくる。じりっと肌が焼け、激痛が走る。低く呻いた瞬間、パンと乾いた音がして外が暗くなった。

すでに自分も亜弥と同じく闇の底の存在になってしまったことを実感した。もう二度と明るい場所には出られない。でも、かまわない。最終的には自分で選んだことだ。そう、それは憎い相手に復讐するために。

さあ、いくよ。恨みを晴らすんだ。身体の中でカケラ女がそう囁く。

「憎い……。憎い……。憎い……」

また心の底からつぶやきが込み上げてくる。それは郁美が抱く憎悪の思いだけではない。過去にカケラ女が寄生してきた女たちの思いが積み重なったものだ。

蓋が滑り落ちてガタンと大きな音がした。ゆっくりと身体を起こす。薄暗い部屋の中には衣装や小道具が雑然と置いてある。そこは備品置き場のようだ。

音楽と歓声が聞こえてくる方向を見た。細く開いたドアの隙間から張りのある声が流れ込んでくる。

「エントリーナンバー七番、結城恵里奈さん。恵里奈さんの特技は小学生の頃から習っているピアノです。曲はショパン『革命のエチュード』です」

大きな拍手が鳴り響き、それが潮が引くようにすーっと消えていく。完全な静寂が訪れたと思うと、銃声のようにピアノの音色が響き始めた。

スポットライトを浴びて、恍惚の表情を浮かべながらピアノを弾いている恵里奈の姿が見えるようだ。

悔しい……。私をこんな目に遭わせておいて……。許せない……。憎い……。憎い……。このハレの舞台で恵里奈に復讐してやりたい。爪が手のひらに食い込むほど強く拳を握り締め、郁美はその場に立ち上がった。

34

控え室の大きな鏡の前に座り、結城恵里奈は入念に化粧を直し始めた。

ここ一ヶ月ほどのあいだにいろんなことがあった。何人もの友達が死んだり怪我をしたりして、恵里奈の前から消えていった。

一時はミスコンの開催も危ぶまれたが、会場は超満員だった。さすがに女子アナや女優を何人も輩出している修聖女子大のミスコンだったので注目度は高かった。

プロデューサーの神崎は現れなかったが、今回のイベントを請け負っていたイベント会社のスタッフたちのあいだですでに入念なリハーサルが行われていたので、ミスコンはスケジュールどおり、順調に進行していった。

出場者たちの自己PRと司会者による質問コーナーを経て、参加者たちが順番に特技を披露した。

ジャズダンスや早口言葉、手品や一輪車を使った曲芸のようなものを披露する者もいたが、恵里奈は子供の頃から習っているピアノを演奏した。緊張はしたが、我ながらいい出来だったと思う。

特技の披露のあとには水着審査も行われた。

普段は女の園である修聖女子大学だったが、一年に一度、学祭のときだけは男性も入れるということもあり、観客の七割ほどは男性だ。

その男性たちの熱い視線を浴びるのは、なかなか快感だった。

軽快な音楽と歌声が控え室にまで聞こえる。

投票までのあいだにプロのミュージシャンによるミニライブがあり、会場は盛り上がっていた。

このライブが終わったら、ランウェイがあって、そのますぐにこの会場にいる者だけに配布されたスマホアプリを使った投票が行われ、リアルタイムでグランプリの発表だ。ピアノ演奏や水着審査とはまた違った、心地よい緊張が込み上げてくる。

ん～んん～んんん～。

気がつくと、恵里奈は無意識のうちに鼻歌を歌っていた。もうすぐミス修聖女子に選ばれて、頭にクラウンを載せられ、みんなから祝福されると思うと心が浮き立つ。

ステージのほうから聞こえてくる音楽が途切れて、歓声がわき上がった。

「もうそろそろかしら」

そうひとりごとをつぶやいた。恵里奈は控え室にひとりっきりだ。他の参加者たちは数人ずつ同じ部屋を使っていたが、恵里奈だけは個室を与えられていた。優勝候補であることと、神崎の〝関係者〟だということが理由だ。

「私もみんなと一緒でよかったのに……」

鏡の前に座って、ふくれっ面を作ってみせる。この表情は我ながら悪くないと思う。そのまま顔の角度を変えて、一番可愛く見えるアングルを探す。

あっ、いいかも。

ベストの角度を見つけた。スマホで写真を撮ってインスタにあげようかと思ったとき、ドアがノックされた。

「どうぞ」

声をかけるが返事はない。

「どうぞ。開けてもいいわよ」

もう一度、声をかける。すると扉がゆっくりと開き始めた。恵里奈は鏡の前に座ったまま、そちらをじっと見つめた。

「な……なによ？　なんのつもり？」

恵里奈は戸惑いの声をもらした。その視線の先には、自分の手で目隠しをしたふたりの女がいた。真弓と明穂だ。そしてふたりは「せ〜の」というかけ声とともに手をどけた。

「うわ！　恵里奈さん、やっぱり素敵よ！」

「なんてきれいなのかしら！」

真弓と明穂は歓声を上げて、感激を抑えきれないといったふうにその場でピョンピョン飛び跳ねてみせた。

「なんなのよ、ふたりとも」

恵里奈はさっきのふくれっ面を作ってみせた。

「その顔も可愛い〜！」

「ねえ、恵里奈さん、ちょっと立って見せてくれない」

「しょうがないわね」

面倒くさそうに言いながらも、恵里奈の顔には満面の笑みが浮かんでいた。ウェディングドレス姿を褒められてうれしくない女はいないだろう。

最後のランウェイは、参加者たちが純白のウェディングドレス姿で歩くことになっていた。

「どう？　似合ってるかしら？」

恵里奈はその場でくるっとターンした。ドレスのスカートの裾がふわりとふくらむ。

「可愛い～！」

「すっごくきれいよ！」

ふたりの女の賞賛が恵里奈を愉快な気分にさせる。だがそれは、このあとに待っているランウェイでの賞賛とは比べものにならないぐらい些細なもののはずだった。

「恵里奈さん、本物の花嫁みたいよ」

「ほんとだわ。いったいどんな男性が恵里奈さんの心を射止めるのかしら」

真弓と明穂が褒め称える。

「さあ、どんな男性かしらね。ただ、神崎さんじゃないことだけは確かよ」

「どうして？　お似合いのカップルだと思ってたのに」

「あの人はもう死んだの」

「死んだ？　いつ？」

ふたりがギョッとした表情を向けてきた。

「ちょっと前よ。でもそれは私の心の中では死んだってこと。また新しい恋を探すわ」

恵里奈はにこりと微笑んだ。そうやって微笑んでみると、本当に少しも悲しくないように思えた。

「そうなんだ。でも、恵里奈さんなら、もっと素敵な男性が見つかるはずよ」

真弓が納得したように言ったタイミングで、スタッフが控え室に駆け込んできた。

「そろそろランウェイの時間です。結城さん、こちらへ急いでください」

「私、行かなきゃ」

真弓と明穂に「頑張って」と声をかけられて廊下に出ると、他の控え室から出てきたウェディングドレス姿の女たちと一緒にステージ袖へと向かう。

そのとき、出場者のひとりがふと足を止めてつぶやいた。

「ねえ、なにか匂わない？」

つられて恵里奈も立ち止まり、周囲を見まわした。確かに微かに匂う。生ゴミが腐ったような匂い。

「いやだわ。これから最後のランウェイがあるっていうのに、なんだかケチをつけられた気分よ」

恵里奈は整った顔を微かにしかめて、ステージのほうへ向かって歩き始めた。

35

薄暗いバックステージの狭い空間には、何人ものスタッフが慌ただしく往き来していた。

「おい、矢田《やだ》。グランプリのクラウンとガウン、それにトロフィーは用意したのか？」

進行表を手に持ったディレクターの柳井《やない》が声をかけると、矢田が元気よく返事をした。

「すみません、まだです！　今から取りに行ってきます！」

「おい、しっかりしろよ。もうランウェイが始まっちまうぞ」

「はい、急ぎます！」

矢田は舞台裏から駆け出していく。クラウンなどの一式は備品室に置いてあるはずだった。

廊下に飛び出した矢田は思わず足を止めた。廊下の蛍光灯が今にも切れそうに点滅していた。それになんとなくいやな気配が足下から這い上がってくる。

そのとき、後ろから背中をバンと叩かれた。

「ひっ……」

息を呑んでその場で飛び上がった。

「なにやってんだよ？　早くしないと、また柳井さんに怒鳴られるぞ。あの人、ほんとに気が短いから」

そう声をかけて、イベント会社の同期である山野《やまの》が矢田を追い越していく。

柳井の名前を出されて矢田も現実的な恐怖を思い出した。最近はミスつづきだったので、もしも授賞式までに間に合わなかったら、今度こそクビにされてしまうかもしれない。慌てて山野のあとを追って走り出した。

備品室のドアを開けた山野が壁のスイッチをパチンパチンと数回弄ってから不思議そうに言った。

「蛍光灯が切れてるみたいだな」

追いついた矢田が我が意を得たりとばかりに、さっきから気になっていたことを口にした。

「廊下も薄暗いし、修聖ってけっこうボロいんだな」

「そうだな。オシャレで華やかなイメージだったけど、校内にはどんよりした空気が漂ってるしな。歴史があるってことは、それだけ古いってことだからな。まあ、そんなことはいいよ。それよりクラウンとガウンとトロフィーの三点セットだ」

ドアを全開にすると、点滅する廊下の明かりが部屋の中をぼんやりと照らし出した。

「あれ？　蓋が開いてるぞ」

部屋の隅に置かれた棺桶の蓋が開いている。さっき便利屋が運んできた棺桶だ。矢田と山野がここに運ばせたのだった。

「おい、マジかよ。なんだか気味が悪いな」

おそるおそる棺桶の中をのぞき込んだ山野が、ほっとしたように言った。

「なんだ。なんにも入ってないじゃないか」

「そりゃそうだろ。本当に死体が入ってたら大変だよ」

「まったく誰だよ、こんなイタズラなんかしてビビらせやがって。まあいいや。そんなことより、三点セットだ。最後のランウェイが終わったら投票とリアルタイムで集計と発表だからな」

スタッフのふたりは部屋の中に置いてあった、入賞者たちに与えられるクラウンとガウンなどを両腕に抱えるように持って、ステージ裏へと急いだ。

36

舞台上では司会のタレントがマイクを手に観客を煽っている。プロのミュージシャンのミニライブの余韻もあり、講堂の中には熱気が渦巻いていた。

「さあ、第十三回修聖女子大学ミスコンテストもクライマックスです。最後に出場者たちがバージンロードを歩きますよ！　盛大な拍手でお迎えください！」

アナウンスがそう告げると、クラブミュージック調にアレンジされたウェディングマーチが流れ始め、客席がどっと沸き立った。

レーザー光線が闇の中を飛び交い、極彩色の世界を作り上げる。

「エントリーナンバー一番、井川《いがわ》瑠衣《るい》さんです！」

舞台の中央奥から純白のウェディングドレスに身を包んだ女性が姿を現し、ステージの一番前まで歩いてくる。そこでいったん止まると自らベールを上げ、満面の笑みを浮かべながら客席に向かって手を振った。

瑠衣は会場の中央に作られたランウェイ——両端に青いＬＥＤライトが点灯した

バージンロードを、スポットライトを浴びながら歩き始める。参加者が自分のすぐ近くまで来ることで観客が興奮し、手を振って歓声を張り上げる。

一人目がランウェイの一番先まで来たタイミングでふたり目がまたステージに姿を現し、ベールを上げて笑顔を見せながらランウェイを歩き始める。

出場者たちが順番にランウェイに出て行く。エントリーナンバー六番は省かれた。それは亜弥の番号だ。そして、恵里奈の番になった。

「エントリーナンバー七番、結城恵里奈さんです！」

アナウンスの声が会場に響く。

恵里奈がステージの中央に立ち、ベールを上げると歓声が一際大きくなった。

その反響の大きさから、もう恵里奈の優勝は決まったようなものだ。

恵里奈は満面の笑みを浮かべながら真夜中の海のように暗い客席を見まわし、そして歓声という荒波が立つその中に伸びた、両端に青い光が灯っているランウェイを歩き始めた。

客席全体に笑みを向け、手を振りながら、胸を張ってハレの舞台を歩いて行く。羨望のまなざしのシャワーを浴び、幸せな気分が身体全体を包み込む。

そして恵里奈がランウェイの先端まで来て立ち止まったとき、客席にどよめきが起きた。それはクラブミュージック調にアレンジされたウェディングマーチがうるさいほどに鳴り響いている中でもはっきりと聞こえた。

みんなの視線が恵里奈の後ろのほうに向けられている。その視線の先を追うように、恵里奈は振り返った。暗いステージの上には、ウェディングドレス姿の女が立っていた。白いベールを顔の前に垂らしたまま、ブーケを身体の前に持ち、じっと佇んでいる。

出場できなくなった出場者がいるために、今回の参加者は全部で六人。すでに五人は歩いていたので、ランウェイを歩くのは恵里奈が最後のはずだった。

誰だ？　あれは誰だ？　と観客たちは口々に話している。

「……誰？　誰なの？」

恵里奈もひとりつぶやいた。

特にアナウンスもない。それどころかステージ袖のスタッフたちの慌てている様子が見える。おそらく運営側のあずかり知らぬ出来事なのだろう。

女はベールを上げることなく、スポットライトのない暗いランウェイを歩き始めた。ただ、その歩みはどことなくぎこちない。なにか猛烈な苦痛に耐えているかのように、ときおり立ち止まりながら、一歩一歩、恵里奈のほうに歩いてくる。

気がつくと恵里奈はランウェイを戻ることも忘れて、先端で立ち尽くしていた。そのすぐ手前まで、ベールをおろしたままの花嫁が近づく。

女は恵里奈が浴びているスポットライトのすぐ手前で立ち止まった。光の中と外で、ふたりの女が対峙する。闇の中の女が言った。

「恵里奈さん、やっぱり私もミスコンに出たくて……」

郁美の声だった。間違いない。そういえば、郁美のぶんのウェディングドレスも用意されていた。急に入院したために、郁美が欠場するという連絡がスタッフに届いていなかったのだ。

「……郁美さん？　あなた、もう退院したの？」

恵里奈の問いかけには無言のまま、郁美はベールを上げた。

最後の女が郁美だとわかると一部の観客は歓声を上げ、他の大多数はブーイングを浴びせてきた。

「嫌われたものね。私はただ楽しい大学生活を送りたかっただけなのに、どうしてこんな目に遭わなきゃいけないの？　憎い……。憎い……。憎い……」

うるさいほどに鳴り響くウェディングマーチと、歓声と罵声が入り交じった客席の叫びが渦巻いていたが、郁美のつぶやきははっきりと聞こえた。

憎いとつぶやきつづける郁美の顔には、火傷の痕などまったくない。ゆで卵のようなきれいな肌だ。

とっさに恵里奈は郁美に向かって手を伸ばした。人に馴れていない野良猫のように、郁美の目がカッと見開かれる。憎悪と怒りにまみれた目だが、恵里奈はそんなことはまったく気にせずに、郁美の顔を両手で愛おしげに包み込むように触った。

「火傷の痕が消えてるわ！　治ったのね！　よかったわ！」

恵里奈は心の底からよろこびの声を上げた。郁美は眉をひそめ、苦悩に満ちた表情を浮かべている。その目が黄色く濁っていく。ぐぐぐ……と、奇妙な音が聞こえた。それは郁美の喉の奥からもれてくる。

「どうしたの？　郁美さん、大丈夫？」

郁美の異変をようやく感じ取った恵里奈の手に力が込められる。と、郁美の頬に触れていた恵里奈の手がぬるりと滑った。いや違う。まるでよく熟れた桃の皮のように、郁美の頬の皮がずるりと剝けたのだ。

「あっ、ごめんなさい、郁美さん。まだよくなってなかったのね」

恵里奈は慌てて手を引き、郁美に謝った。痛々しいその頬の様子に、涙が込み上げてくる。

「かわいそうに……。でも、きっとすぐによくなるわ。だから安心して」

恵里奈の言葉を聞いて、郁美は首を横に振った。部品が引っかかっている機械のような、カクカクと不自然な振り方だ。様子が変だ。

不意に、ようやく照明係が自分の仕事を思い出したかのように、スポットライトが移動して、恵里奈と郁美を光の輪の中に捉えた。

その瞬間、郁美が獣のような唸り声を上げた。と同時に照明器具が破裂して、ランウェイが暗くなった。コンピューターに異常が発生したのか、ウェディングマーチがプツンと消えた。客席のあちこちから悲鳴が上がった。

暗闇に飲み込まれてなにも見えなくなったが、すぐに目が慣れてきた。足下の青いLEDライトに、郁美の姿がぼんやりと照らし出されている。

頬の皮が剝けた顔と、剝き出しの肩と、肘までの白い手袋で隠されている以外の二の腕が、大火傷を負ったように、今まさに現在進行形で水ぶくれになっていく。

「大変だわ。早く手当てをしなきゃ」

恵里奈が伸ばした手を、郁美が振り払った。

「憎い……。おまえが憎い……。憎い……」

低く押し殺したようなつぶやきが聞こえてくる。その声は、何人もの声が重なり合ったように、奇妙な聞こえ方がする。

「郁美さん……。あなた、いったい誰なの？」

恵里奈は目の前にいる女に、そう訊ねた。

37

「私は……私は……」

自分が誰なのか？　その答えを探しながら、郁美はただ恵里奈を睨みつけていた。しわくちゃになった黄色いセロファン越しに見ているような光景。それが郁美に見える世界だった。

身体の中に渦巻いていた憎悪の感情が、マグマのように煮えたぎっている。

郁美は最早、無念の思いを抱きながら死んでいった女たちの憎悪の容れ物だった。そして、その憎悪は、郁美の華奢な身体の中いっぱいに充満している。今にも破裂しそうだ。

郁美の意思とは関係なく、口から言葉が溢れ出る。

ざわついている会場内に、郁美のつぶやきが……いや、郁美に寄生したカケラ女と恨みを残して死んでいった女たちのつぶやきが静かに響く。

「憎い……。憎い……。おまえが憎い……」

恵里奈が優しく微笑みながら言う。

「郁美さん、どうしたの？　なにを怒ってるの？　神崎さんのことなら、もういいのよ。私は全然未練なんかないから、あなたにあげるわ」

「……あげる？　こんな顔になった私を愛してくれる人なんかいるわけない」

郁美は顔を伏せて、どこから出ているのかわからないようなくぐもった声でつぶやいた。それに、神崎はもう死んでしまったのだ。

恵里奈は顔いっぱいに苦渋の表情を浮かべた。

「そんなふうに言うもんじゃないわ。見た目がどうなったって、郁美さんのことを愛してくれる人はいるわよ」

「私をこんな顔にしておいて、よくもそんなことを……」

「なんのこと？　郁美さん、なにを言ってるの？」

恵里奈はキラキラ光る大きな瞳で郁美をまっすぐに見つめてくる。その中にあるのは愛情と哀れみだ。憎しみも後悔もなにもない。郁美の悲しみを自分のもののように受け止めているのがわかる。

グラッと身体が揺れた。いや、実際は少しも揺れていない。だが、ほんの少し身体が残像を描きながら横にずれたように感じた。

「恵里奈さん……私……」

郁美はつぶやいた。その声は、郁美ひとりだけの声だ。頭が混乱していた。

ひょっとして神崎が助かりたい一心ででたらめを言っただけで、本当に恵里奈はなにも知らないのではないだろうか？　郁美の心の中に理性が蘇ってくるが、それを塗りつぶすように、すぐにまた身体の奥から憎悪の思いがわき上がってくる。

その邪悪な勢いを抑えることはできない。それは郁美だけの憎しみの感情ではなく、カケラ女と、彼女が今までに寄生した不幸な女たちの恨みの念が幾重にも積み重なった感情なのだ。

そして、その憎悪は出口を求めて、郁美の身体の中で激しく暴れ始める。

郁美は頭を振った。塞がっていた喉の傷が開き、血が滲み出てくる。全身が痛い。地獄の炎で焼かれる亡者の苦しみはきっとこのようなものだろうという痛みだ。

どうしてこんな目に遭わなければいけないのか？　理不尽な思いに怒りの感情がさらに燃え上がる。

そのとき、砂袋を落としたような音が足下でした。何気なくそちらを見ると、腕が落ちていた。それは郁美の右腕だ。カケラ女に寄生される前に神崎たちに暴行されて骨が砕けていたその部分が、急激に腐り、ちぎれて落ちてしまったのだ。

昨夜、神崎たちを殺すのに力を使いすぎたらしい。それに、さっき浴びたスポットライトのせいか、郁美の身体はすごい勢いで無惨に滅びていく。

会場全体が静まりかえり、みんなが呆然とこちらを見つめている。

「う……腕が落ちた……」

誰かが我に返って郁美の身体に起こった異常を言葉にすると、その驚きが津波のように観客たちを飲み込んだ。

観客のひとりがハッとして、スマホのカメラを郁美に向けた。それを見てカメラの存在を思い出したといったふうに、ほぼ全員がスマホを向けてきた。いくつものフラッシュが焚かれる。郁美は残った左腕で顔を覆い、悲鳴を上げた。

その悲鳴が、罠にかかった獣の断末魔の叫びのように響き渡る。

興味本位の視線。好奇の視線。化け物を見るような怯えた視線。ぐわっと身体の中に怒りの思いが渦巻いた。それが郁美を中心にして放射状に、衝撃波のように会場全体にひろがった。

郁美に向けられていたスマホが次々に火を噴いた。みんなが驚いてスマホを放り出し、一気にパニックになった。同時にミスコンの様子を記録していた何台ものビデオカメラが爆発して破片が飛び散り、それの直撃を受けた者たちが床に倒れ込んだ。

さらに郁美は絶叫した。

「おまえたちを許さない！」

今度は天井につけられたライトを始め、ランウェイの両端に灯っていた青いＬＥＤランプも、灯りという灯りがすべて破裂した。大きな闇が降ってきて、会場全体を飲み込んだ。

ようやく自分たちも郁美の憎悪の対象なのだと気づいた観客たちが、燃え上がる大量のスマホが野火のようにぼんやりと照らす中を出口に殺到したが、扉は固く閉ざされていてびくともしない。

最初のほうに出口に到着した者たちは、次々に押し寄せる観客に潰されそうになり、悲鳴と怒声と呻き声を上げている。

「まだショーは終わってないよ」

機械で作ったような声がスピーカーから、ハウリングしながら会場内に響いた。

耳障りな悲鳴がさらに大きくなった。その喧噪の中、燃え上がる大量のスマホが、ランウェイの上の郁美と恵里奈の姿をゆらゆらと照らし出す。

「郁美さん……。腕が……。痛くないの？」

さすがの恵里奈もようやく自分が郁美の憎しみの対象になっていることに気づいたようだ。顔を引きつらせて、よろけるように一歩後ろに下がった。

郁美は首を傾げて恵里奈を見つめた。腕がなくなった肩口から、異臭を放つ黄色い液体がポタポタと滴り落ちている。

早く殺してしまえ！　と郁美の中でいくつもの声が囃し立てる。恨みを晴らせ！　自分にひどいことをした相手を許すな！　早く殺すんだ！　嬲り殺しにしろ！

で……でも……。

郁美の中に残った、ほんの少しの理性が抵抗する。私が顔に硫酸をかけられたことに恵里奈さんは無関係だったかもしれないの。そんなのかまうものか。こいつはチヤホヤされて育ち、なにひとつ苦労を知らず、無意識のうちに他人を傷つけてまわっているんだから。こいつも殺してしまえ！　嫉妬。妬み。憎しみ。そして、復讐への思い。

殺せ！　殺せ！　殺せ！　殺せ！

郁美の身体がガタガタ震え、目玉がギロリと裏返る。左手がひとりでに持ち上がり、恵里奈のほうに伸びる。肉体的には届かない距離だが、それでも恵里奈は「うっ」と呻いて、表情を変えた。

恵里奈の足がランウェイから離れ、身体が宙に浮く。見えないロープで首を吊られているかのように、恵里奈は足をばたつかせながら手で喉を掻きむしる。白い喉に何本もの赤い線が刻まれ、美しい顔が苦しげに歪む。

郁美さん、どうして？　どうして私にこんなひどいことをするの？

濁りのまったくない恵里奈の大きな瞳が、まっすぐに問いかけてくる。見つめ合うと、走馬燈のように九月以降の出来事が思い出された。

地味で平凡な女だった郁美が、恵里奈と知り合うことによって、それまでテレビや映画の中だけのことだと思っていたような、きらびやかな時間を経験させてもらった。

それは戸惑いながらも楽しい時間だった。その経験を郁美に与えてくれたのは、この恵里奈なのだ。

私はもういいの！　恵里奈さんはなんにも悪くないの！

郁美は必死に腕をおろそうとする。それでも身体の中のカケラ女が無理やり腕を上げつづけさせようとする。

「やめて！　もうやめて！」

声に出して叫び、郁美は頭を激しく振った。

そのとき、視界の端になにかを感じた。乱れた髪の下から、郁美はそちらに顔を向けた。燃え上がる無数のスマホの炎で照らされた女の姿が浮き上がる。

その女は必死に後ろに下がろうとしているが、すでにそこにはドアをこじ開けてここから逃げ出そうとしている観客が大勢いるために、それ以上下がることができない。

まるで足の幅ほどしかない断崖絶壁で、必死に転落を逃れようとして背中を岩壁に押し当てているかのような姿……。

「……花音?」

郁美がそちらに身体を向けると、それまで宙に浮きながらもがいていた恵里奈がドサリと重い音を立てて下に落ちた。激しく咳き込んでいるのを背中に聞きながら、郁美はランウェイを花音のほうへ歩いた。

すでに郁美の身体はかなりのダメージを受けているらしく、機械仕掛けの人形のようにぎこちない歩き方になってしまう。

「来ないで! 郁美、来ないで!」

花音がいやいやをするように首を横に振る。その願いを郁美は無視した。

カケラ女の目というフィルターを通して見ると、花音の顔に浮かんでいるのは恐怖や哀れみの感情ではなく、罪の意識であることがはっきりわかる。花音の罪、それは……決まっている。

「花音なのね？　私の顔に硫酸をかけたのは、あなたなのね？」

会場内のざわめきや悲鳴などがすーっと消え、花音の呼吸の音までがはっきりと聞こえた。花音の横では、早苗が事態を飲み込めていない様子で呆然としている。

花音の唇が動き、弁解を始めた。

「火傷を負わせようなんて思ってなかった。脅かそうと思っただけなの」

「どうしてそんなことを？」

「郁美はバッチリお化粧をしてちゃんとオシャレをすれば可愛くなるって、前から思ってたの。だけど、あえてなにも言わなかった。それどころか、そのままの郁美が可愛いって言ってたの。それはもしも可愛くなったら、郁美が私たちから離れていっちゃうと思ったから……」

「私たち？」早苗が慌てて口を挟む。「違う！　私はなにも知らなかった。花音ちゃんがそんなことをしたなんて、全然知らなかった！」

郁美はただ、じっとふたりを見つめつづける。凶悪な気配が薄れたように感じたのか、花音が少し落ち着いた口調で言った。

「だから、恵里奈さんたちとつるんでたらとんでもないことになるって忠告したじゃない。それなのに郁美は私の忠告を無視しただけじゃなく、自分もミスコンに出場したりするから……。私たちのことをバカにするから……。私、寂しかったの。友達だった郁美が、どんどん遠くに行っちゃうような気がして寂しくて……」

「寂しくて？　悔しくて、じゃなくて？」

郁美のつぶやきが、耳の奥にダイレクトに届いたようで、花音はビクンと背筋を伸ばした。

なんでも話し合える、気の置けない友達だった。その花音と早苗が、怯えきった表情で震え上がっている。哀れだ。他人をうらやみ、妬むことしかできないかわいそうな女……。

でも、郁美も同じだ。もしも立場が逆だったら、郁美が花音の顔に硫酸をかけていたかもしれない。

「許してくれる？」

あの気の強い花音が両手を合わせてうかがうように言う。

許してあげたいと思ったが、どうすることもできない。郁美の中には憎悪の化身であるカケラ女がいるのだ。

「憎い……。おまえが憎い……」

郁美の口からは、自分の意思に反してそんな言葉が溢れ出た。つづいて、恨みの言葉が次々と湧き出てくる。

「憎い……。私をこんな目に遭わせた、おまえが憎い……。憎い……。憎い……」

身体の中に充満する怒りの感情を制御することはできない。

「お願い。許して……」

花音が涙を流しながら首を左右に振る。もうどうしようもない。郁美の口からは憎悪にまみれた声がこぼれ出る。

「憎い……。憎い……。憎い……」

そのとき、花音の身体がズンと下に落ちた。そう見えたのは、膝から下がぐしゃっと潰れたためだ。

花音は苦痛に悲鳴を上げて、許しを請うように両手を差し出した。だが、郁美の声は非情に響く。

「さあ、さっさと死んでしまえ」

そうつぶやいた瞬間、花音の頭がボンッとこもった音を立てて破裂した。その横で早苗はただ呆然と目を見開き、口を半開きにして震えている。

自分のしたことに驚きながらも、郁美の手は今度は早苗に向けられる。

「いや……。私はなにも知らなかったの。郁美ちゃん……どうして？　私まで……私まで殺すの？」

ガチガチと歯が鳴る音が聞こえてくる。

違う！　やめて！　早苗は関係ないの！　心の中で絶叫したが、わき上がる憎悪のエネルギーは強烈すぎる。

郁美の手のひらに、生々しく早苗の肌の弾力が感じられた。ぎゅっと強く握り締めると、贅肉をまとった早苗の首がボコッと凹んだ。

早苗は郁美に向かって叫んだ。

「いや！　郁美ちゃん！　助けて！　苦し……」

その声が途中からかすれていく。気道が塞がり、もう声を出すこともできないのだ。早苗は色白の肌を真っ赤にしながら両手で自分の首を掻きむしる。早苗のやわらかそうな喉の肉がえぐれて血が流れ出る。

やめて！　やめて！　やめて！　早苗は私の友達なの！　郁美は身体の中で叫びつづけたが、憎しみにまみれた女たちの情念の前ではまったく無力だ。

指が曲がったまま硬直した早苗の手がプルプルと震え、その動きが不意に止まった。腕がだらんと垂れ下がる。郁美の身体から力が抜けていく。早苗はそのまま床の上に頽れた。

郁美は目を大きく見開いた。かつて友達だった物がふたつ、目の前に倒れている。殺してしまった……。東京に出て来て初めてできたふたりの友達を殺してしまった……。

「あああああ!」

絶叫が響いた。それは郁美の叫びだった。その瞬間、会場内の雑音が一気に押し寄せてきた。ハッとしてまわりを見ると、次は自分の番かもしれないといった恐怖におののいた観客たちが逃げ惑っていた。

観客はみんな郁美から必死に離れようとして、慌てふためいて転んだ者たちの上を踏みつけていく。まるで煮えたぎる地獄の釜の中で溺れそうになっている亡者たちのように見える。

その滑稽なほどの慌てように、今度は郁美の口から笑い声が溢れ出た。

「アハハハハ……」

もちろん郁美は笑ってなどいない。それはカケラ女とかつての宿主たちの笑い声だ。

天井に吊されたライトが次々に落ちてきて、あちこちで悲鳴が上がった。逃げ惑う大勢の人間をランウェイから見下ろしながら、さらに郁美は笑い声を張り上げつづけた。

復讐のためにカケラ女の力を借りたいと思ったが、それは間違いだった。利用するつもりが、利用されていただけだ。

ほんの少しだけ残っていた人間らしい優しさは、憎悪で黒く塗りつぶされてしまう。

背後になにか気配を感じた。振り返ると、ランウェイに倒れていた恵里奈を新しい取り巻きの女ふたりが抱え起こそうとしていた。

郁美と目が合い、女たちは息を呑んで動きを止めた。美しい顔が恐怖に歪んでいる。郁美を見るその目には、不気味な生き物を見る嫌悪感と醜い姿に対する哀れみが濃厚に溢れ出ていた。

そんな目で私を見ないで！

郁美が眉間に力を込めると、女たちは猛スピードで突進してきた車に撥ねられたかのように、それぞれ違う方向に弾き飛ばされた。

あとには恵里奈だけが残った。恵里奈は放心状態でランウェイに座り込んでいた。

「さあ、命乞いするならすればいい。憎い……。おまえが憎い……。憎い……。憎い……」

恵里奈はなにも悪くないということは理解したはずだったが、それでも憎しみの感情はどうしようもない。

だいたい憎しみというのはそういうものだ。恵里奈の存在それ自体が憎い。なんの苦労もなくすべてを手に入れて、みんなにチヤホヤされて生きてきて、これから先も楽しく人生を過ごしていく……。

それが言いがかりのようなものだということはわかっていたが、わき上がる憎悪をどうすることもできない。

郁美は「憎い……憎い……」と低くつぶやきながら、恵里奈のほうに歩いて行く。

恵里奈は腰が抜けたようにその場に座り込んだまま、ゆるゆるとかぶりを振る。恐怖で立ち上がることもできないようだ。

そんな恵里奈にたっぷりと恐怖を味わわせてやろうというふうに、郁美はゆっくりと近づいていく。

「お姉ちゃんをいじめないで！」

不意に足下から甲高い声が聞こえた。

何気なくそちらに顔を向けると、五、六歳ぐらいの男の子がランウェイによじ登ろうとしていた。どうしてこんな場所に子供が？

「順也ちゃん！　ダメ！」

逃げ惑う観客たちの中から若い女が叫びながら飛び出してきて、覆い被さるようにして子供を抱きしめる。どうやら母親のようだ。女が呼んだ名前には聞き覚えがあった。

「……順也ちゃん？」

その子供はさっき、「お姉ちゃんをいじめないで！」と叫んでいた。それは恵里奈のことだろう。確か歳の離れた腹違いの弟がいると聞いていた。初めて一緒に食事をしたときに、スマホで写真を見せられた。あのときスマホの画面の中で、少し照れくさそうに笑っていた男の子だ。

恵里奈を見ると、さっきまで気弱に揺れていた大きな瞳が、順也の上にはっきりと焦点を結んでいた。

「順也ちゃん、逃げて！」

恵里奈が叫ぶ。でも、順也はその言いつけを守ろうとはしない。

「お姉ちゃんをいじめないで！」

もう一度叫び、順也は母親の腕の中からすり抜け、ランウェイに手をかけてよじ登った。転がるようにして恵里奈の前まで行き、自分が姉の盾になろうとするかのように、郁美のほうを向いて両腕をひろげた。

顎を引き、可愛い顔の眉間に皺を寄せて、郁美を睨みつける。姉を守っているつもりなのだろうが、憎しみに狂った女たちの前では、その抵抗はあまりに非力だ。郁美はさらにそちらに近づいていく。

母親もランウェイに駆け上がり、順也を抱きしめた。三人の家族が身体を寄せ合う。

郁美の中でいくつもの情念が渦巻き、その子供を殺せ！ と叫ぶ。その叫びに従って郁美は左腕を前に伸ばし、順也の首を絞めようとした。

だが、その手はやわらかな頬を愛おしげに撫でるだけだった。ふっと憎しみの感情が薄れた。

なに？ どういうこと？

郁美はカケラ女の思いの中をのぞき込んだ。煮えたぎる憎悪と嫉妬の奥のほうに、小さな子供を慈しむ遠い記憶が垣間見えた。ひょっとして、カケラ女にも子供がいたのではないだろうか？　この子と同じぐらいの年頃の、可愛らしい男の子が……。

暗い水中から顔を出したように、郁美は息を大きく吸い込んだ。そのとたん、今まで固く閉ざされていた講堂の扉が開き、パニックになっていた観客たちが我先にと外へ飛び出していく。

あとには大勢の怪我人と、いくつもの死体が転がっている。そのうちのふたつの死体は、大学に入ってから最初にできた親友たちだ。ああ、花音……。早苗……。私はなんてことを……。

ふたり以外にも、罪のない人たちを何人も殺してしまった。郁美の中に強烈な罪悪感が込み上げてくる。

そもそも亜弥を死なせてしまったことによって、この悲劇は始まったのだ。すべては、あのとき沙紀たちを止めることができなかった自分の責任だ。

郁美は観客たちが逃げていった扉のほうに視線を向けた。講堂の中は暗いが、まだ外には日が出ている時間だ。それなら……。

さっきスポットライトに照らされた瞬間の苦痛が思い出される。もしも昼間の陽光に直接照らされれば、その瞬間、カケラ女は滅びるはずだ。当人である郁美にはそのことがはっきりとわかる。

ただし、それは郁美自身の死も意味する。今の郁美は、カケラ女によって無理やり生かされている存在なのだから。だけど、そんなことはもうどうでもいい。憎しみの連鎖はもう自分で最後にしたほうがいい。

郁美はよろよろと出口のほうに向かった。動きがぎこちないのは肉体が滅びつつあるからだけではない。郁美がなにをしようとしているのか悟ったカケラ女が、郁美の身体を支配しよう、邪魔しようとしているからだ。

それでも、辛うじてカケラ女のそんな思いに郁美が抵抗できるのは、今までに寄生された他の女たちと違って、完全に死ぬ前にカケラ女を体内に寄生させたからのような気がする。だから恨みの念以外にも、人間らしい感情がほんの少し残っているのだ。

一歩足を踏み出す度に、身体がバラバラになってしまいそうだ。

身体の底からは憎しみがマグマのようにわき上がってくる。憎い……。殺してやる……。許さない……。

一瞬でも気を抜くと、その憎悪の感情に飲み込まれてしまいそうになる。

「いや！　もうやめて！」

郁美は絶叫した。その瞬間、講堂の壁が鉄球でもぶち当たったかのようにボコッと窪んだ。心がほんの少し平静を取り戻す。だがすぐにまた憎しみの感情が郁美を飲み込もうとする。

その力を振り払うように、また絶叫した。

「ああああ！」

今度は床に砲弾が落ちたように椅子が砕け散った。

それでも、マイナスの情念が次々にわき上がる。その思いを放出させるように郁美は何度も絶叫し、その度に講堂内を破壊しつづけながら、重い鎖を引きずるように一歩一歩、出口へ向かった。

力を使えば使うほど、郁美の肉体は腐る速度を速め、ぼたぼたと腐肉が滴り落ちる。

カケラ女の力に抗いながら、なんとか郁美はロビーに辿り着いた。そこもまた薄暗く、誰もいない。すでに観客たちはみんな、安全な場所まで逃げてしまったのだろう。

郁美は扉に手をかけた。明るい太陽の下に出たら、その瞬間、自分はもう死ぬだろう。さっきスポットライトを浴びた瞬間、全身が一気に焼け爛れた。人工的な光で、しかも一瞬であの苦しみだ。太陽に焼かれるのはいったいどれほどの苦痛だろうかと思うと、恐怖に足がすくむ。

でも、このままだとカケラ女は、もしも郁美の身体が死滅したとしても、憎悪を抱えて死んだ女たちに次々に寄生して、これから先も惨劇を繰り返すに違いない。

それはカケラ女にとっても永遠につづく地獄のようなものだ。幼い子供を目の前にしたときの、あの心の平穏……。それこそがカケラ女の本当の心のような気がした。

それなのに何人もの女たちの憎しみを掻き集めて、いつまでも復讐しつづけている。それはもともと生きていたときの彼女の意思とはまったく違うはずだ。哀れすぎる。こんなことはもう終わりにしたほうがいい。いや、終わりにしなければいけない。それが郁美にできる、せめてもの罪滅ぼしだ。

怖い……。怖いけど仕方ない。郁美は目を閉じて、全体重をかけて一気に扉を押し開け、そのままよろけるようにして外に飛び出した。

辺りに悲鳴が響き渡った。遠巻きに様子をうかがっていた者たちが、慌てふためいて逃げていく気配がした。

郁美は目を閉じたままその場に立ち尽くし、空のほうへ顔を向けた。強烈な太陽に照らされて、全身が一気に焼け焦げる……。そして、すべてが終わる……。

そう覚悟していたが、なんの変化も起こらなかった。目を開けると、そこはもう夜のように暗かった。

「どうして?」

まだ昼間なのに、真っ黒な雨雲が手が届きそうなほど近くまで垂れ込めていて、辺りを暗くしていた。

今にも降り出しそうだと思ったとき、大粒の雨が落ちてきた。その雨を顔に受けながら、郁美はひとりごとをつぶやくように、自分の中にいるカケラ女に訊ねた。

「あなたが……あなたがこの雨雲を呼んだのね?」

身体の奥で笑い声が聞こえたような気がした。クリアになっていた意識が、また濁り始める。なにも考えられなくなっていく。一時的に蘇っていた理性が蹴散らされ、心がまたカケラ女に支配されていく。

憎しみの感情に飲み込まれていき、郁美の身体は自分の意思とは関係なく、また講堂のほうを向く。

「あの女を……恵里奈を殺さないと……。憎い……。憎い……」

郁美の声帯を使ってカケラ女が執念深くつぶやく。そのつぶやきを郁美は力いっぱい打ち消した。

「いや! こんなこと、もう終わりにしましょ!」

郁美はまたくるりと講堂を背にして、空に向かって祈った。

「終わりにして！　もうこんな悲しい復讐は終わりにして！」

だが、太陽は姿を現さない。それどころか雨はさらに激しく嵐のように降りつづける。それなら……。

郁美はカケラ女を導き入れた喉の傷――パックリと開いたその奥に指をねじ込んだ。グチュグチュと掻きまわすように動かすその指から、カケラ女が逃げまわる。

「お願いよ、もう私の身体から出て行って！」

郁美は傷口の奥からカケラ女をほじくり出そうとした。だが、ダメだ。カケラ女はさらに郁美の頭の奥のほうへと潜り込んでいく。また意識が濁っていく。

このままだと、またカケラ女は郁美の身体と意識を完全に乗っ取り、女たちの恨みの念とともに殺戮を繰り返すだろう。それを止めることができるのは郁美だけだ。

自分に授かったカケラ女の力を使い、郁美は強く念じた。

身体を叩く大粒の雨の中に、不意に硬いものが混じり始めた。それは霙《みぞれ》だ。さらに
郁美は強く念じた。

壊して！　私の身体を壊して！

霙は霰《あられ》となり、さらにゴルフボール大の雹《ひょう》となって、地面を、花壇に咲き誇るパン

ジーを、そして郁美の身体を次々に叩き始めた。

自然の摂理に反して行動していた郁美の身体は朽ち果てる寸前だったので脆く、全身の肉が次々にえぐれていく。

頬の肉がえぐれ、胸の辺りに氷が埋まり、郁美はその場に膝をついた。それでも上を向いて、氷の鉄槌を受け止めつづけた。

「うっ……」

一際大きい氷の塊が郁美の側頭部を直撃した。その衝撃でボトッとなにかが落ちた。それは右の眼球だった。慌てて右目に手をやろうとして、もう右腕がないことに気がついた。

同時に一気に地面が近くなった。郁美は前のめりに、勢いよく水たまりに倒れ込んでいた。

その拍子に、空っぽの眼窩からなにか小さなものがぽろりと落ちた。朽ち果てていく郁美の肉体とは明らかに違う瑞々しさを湛えた、指の第一関節から先ぐらいの大きさの肉片――カケラ女の本体だ。

カケラ女が郁美の身体に見切りをつけたのだ。

そう思った瞬間、激痛が全身を襲った。カケラ女が抜け出した郁美の肉体は、もとの瀕死の状態に戻っていた。

いや、もっとひどい。無理やり生かされ、無理やり動きまわらされていた肉体は、もう崩壊寸前だ。

強烈な苦痛から逃れようと、意識が薄れていく。もう動けない。郁美はあきらめそうになった。だが、ここで意識を失ったら、もう二度と目が覚めないだろう。そうしたら誰がカケラ女の果てしない憎悪を終わりにするのか？

郁美は必死に痛みに耐えて、肉片を左目で追った。まるでなにか意思がある小さな生き物であるかのように、地面に溜まった泥水の中を移動していく。

その先には側溝があった。そこに落ちればカケラ女は下水に紛れてどこかに流れていき、そしてまたいつか恨みを持って死んだ女に寄生して惨劇を繰り返すことだろう。

「ダメ……。そんなのダメ。もう……もう二度と生き返らないで。それがあなたのためでもあるのよ！」

郁美は激痛に耐えて身体を起こし、朽ち果てつつある左手で花壇のレンガをつかみ、身体全体で倒れ込むようにしてそれをカケラ女に力いっぱい振り下ろした。

泥水と血が混じり合ったしぶきが飛んだ。レンガの下から、いくつもの悲鳴が轟いたように感じた。手応えははっきりとあった。手を離すと、ごろんとレンガが横に倒れた。そこには潰れた肉片がゴミのように浮かんでいた。

カケラ女は死んだのだろうか？　薄れゆく意識の中で郁美は思った。

そのとき、空が明るくなってきた。いつの間にか雨と雹はやんでいた。真っ黒な雨雲のあいだから、一筋の光が差してきた。それはまっすぐにカケラ女と郁美を照らす。

太陽の光を浴びても、あの焼けるような痛みはもう感じない。郁美はもう死ぬ直前のただの肉体にしか過ぎないのだ。

そんな郁美とは裏腹に、太陽の光を浴びたカケラ女の残骸は急激に黒ずんでいき、やがてボロボロと崩れて、泥水に溶けていった。あとは水面が意外なほどキラキラと輝いていた。

終わったのね。これでもう全部終わったのね……。

カケラ女の最期を見届けてから、郁美もまた完全な死体へと姿を変えた。

エピローグ

惨劇から一週間が経ったが、修聖女子大学の講堂はまだ黄色いテープで封鎖されたままだった。講堂を取り囲むように作られた花壇は、雹に降られ、まるで爆撃でも受けたみたいに無惨に荒れてしまっていた。その荒れ果てた様子は、この場に渦巻いていた邪悪なエネルギーの大きさを物語っているかのようだ。

警察による捜査はまだつづいていたが、事件は友人から顔に硫酸をかけられた麻丘郁美による復讐だろうと考えられていた。

警察の事情聴取を受けた結城恵里奈は、あれは郁美のせいではない。なにか不思議な力に操られていたのだと話したが、ショックのあまり記憶が混濁しているのだろうとあしらわれてしまった。

あのとき会場にいた目撃者たちも皆一様に、ただの復讐ではない、普通の女の子ができることではない、超自然的な出来事だったと証言したが、それがニュースで報道されることは一切なかった。

自分たちの力が及ばない出来事があることを知られると困るから政府が隠蔽しているのだと、陰謀論のようなものを口にする者も多く、ＳＮＳ上ではさまざまな憶測が語られていた。

その中に「カケラ女の仕業だ」という書き込みも散見したが、それが事実なのかどうなのか、恵里奈にはもうどうでもいいことだった。ただ、友達が何人も亡くなったことが悲しかった。

「郁美さん、ちゃんと天国に行ってね。あなたはなにも悪くないんだから」

恵里奈は郁美が息絶えた場所に花束を置き、両手を合わせた。

「恵里奈さん、大丈夫？」

長く冥福を祈りすぎていたのか、心配そうな声が背後から聞こえた。振り返ると、仏文科の同級生である未久《みく》と涼子《りょうこ》が心配そうに見つめていた。

「ええ、大丈夫よ。お友達がちゃんと天国に行けるようにお祈りしてただけだから」

「ほんとに恵里奈さんは優しいわね。顔もきれいだし、心もきれいだし、なんて素敵なのかしら」

未久がうっとりとした表情を浮かべながら言う。

「そんなことないわよ。じゃあ、そろそろ授業に行きましょうか」

「ねえ、今日の夜、知り合いのブティックのオープニングパーティーがあるの。その彼、恵里奈さんにも是非来てほしいって言ってるんだけど」

涼子が未久の前に割り込むようにして恵里奈に言った。

「まあ、素敵。よろこんで参加させていただくわ。郁美さんたちのぶんまで人生を楽しまなくちゃ」

「よかったぁ。彼もきっとよろこぶわ」

楽しげに会話をしながら恵里奈たちが行ってしまうと、冷たく乾いた風が砂埃を巻き上げながら地上を吹き抜け、荒れた花壇のパンジーの残骸である花びらが一枚、空高く舞い上がった。

それは塀を越えて道路に落ちてアスファルトの上を転がり、通り過ぎる車が巻き上げた風に飛ばされて、また空高く舞い上がった。再び地上に落ちてきたとき、今度はトラックの幌に引っかかり、遠く離れた町まで運ばれた。

トラックが目的地について荷下ろしを始めた拍子に花びらはひらひらと舞い降り、地面を転がり、やがて古びた廃屋の裏で止まった。

そこは一日中、日が当たることがない。花びらと同じように風に飛ばされてきたゴミや枯れ葉などが積み重なっている吹き溜まりだ。

その暗い場所に、誰にも聞こえない微かなつぶやきが響いている。つぶやいているのは乾いた小さな肉片だ。それはもう何年もその場所で、新たな宿主が現れるのを待ちわびていた。

そして、ただ憎しみの感情をその小さな肉片の中に溜め込み、恨みの言葉を繰り返しているのだ。

憎い……。憎い……。憎い……。

音にならない憎悪のつぶやきが静かに響き、その声に呼応するように、雑居ビルの非常階段の下や、陸橋の下や、工場の裏や、誰も住まなくなった古いアパートの裏、滅多に人が足を踏み入れることがないスクラップ置き場など、街中の至る所から、いくつもの小さな肉片がつぶやく憎悪の言葉が共鳴しつづける。

憎い……。憎い……。憎い……。

カケラ女はあなたのすぐ近くで、恨みを残して死ぬ女を今もじっと待ちつづけている――。

本書は書き下ろしです。

カケラ女
清水カルマ

発行日　2021年 2月 20日　第1刷

Discover

Designer　國枝達也
Format Designer　bookwall

Publication　株式会社ディスカヴァー・トゥエンティワン
〒102-0093　東京都千代田区平河町2-16-1
平河町森タワー11F
TEL　03-3237-8321(代表)
FAX　03-3237-8323
http://www.d21.co.jp

Publisher　谷口奈緒美
Editor　林拓馬

Proofreader　株式会社鷗来堂
DTP　アーティザンカンパニー株式会社
Printing　株式会社暁印刷

ISBN978-4-7993-2721-0